微 篇 小 说

时 代 记 录

尚书房

侯发山 著

南海出版公司

2020 · 海口

图书在版编目（CIP）数据

心锁 / 侯发山著 .-- 海口：南海出版公司，
2020.8

ISBN 978-7-5442-7471-5

Ⅰ.①心… Ⅱ.①侯… Ⅲ.①小小说—小说集—中国
—当代 Ⅳ.① I247.82

中国版本图书馆 CIP 数据核字（2019）第 127452 号

XIN SUO
心 锁

作　　者	侯发山
责任编辑	雷珊珊
装帧设计	马顾本
出版发行	南海出版公司　电话：（0898）66568511（出版）（0898）65350227（发行）
社　　址	海南省海口市海秀中路 51 号星华大厦五楼　邮编：570206
电子信箱	nhpublishing@163.com
经　　销	新华书店
印　　刷	北京军迪印刷有限责任公司
开　　本	787 毫米 ×1092 毫米　1/16
印　　张	15
字　　数	149 千
版　　次	2020 年 8 月第 1 版　2020 年 8 月第 1 次印刷
书　　号	ISBN 978-7-5442-7471-5
定　　价	69.80 元

目录

守　灯

凌晨两点，守灯正睡得迷迷糊糊，被妈叫醒了。

海那边，万家灯火，海这边，黑黢黢一片。守灯随妈进灯塔里巡视了一遍，没有发现异常，便开始保养机器。眼下是夏天，白天这里五十多摄氏度，只有把活儿撵到晚上。一台台设备锃亮光洁，一尘不染，无疑，这是妈天天擦拭的结果。

守灯五岁之前没离开过这个岛，对这个篮球场一样大的岛再熟悉不过了，没有土，没有草，到处都是光秃秃的。想种点蔬菜都难，日头太毒，从外面运来的土过不了几天就被烤得焦干。台风一来，这些土很快会被刮散，被海水冲走。上学后，守灯每到假期返岛的时候，不忘背上一大包泥土，好让妈踩一踩，接点地气……给养船半月来一次，送些蔬菜和淡水。周围除了鸟叫、风吼和浪涛，寂静得没有一丝生气。先后喂过五只狗，因为寂寞和孤独，结局都惊人地一样，狂叫着跳进了大海。

清理完灯笼，妈又用牛皮软布擦拭灯器。守灯说："妈，我来吧。"妈不让，说："擦这个是要紧的活儿，也是很细的活儿，用力要适当，要有耐心，稍不小心就可能造成损伤。"

看着妈认真的样子，守灯心疼地说："妈，您就辈子就没想过走出这荒岛？"

妈叹道："说不想是瞎话，但是，灯塔离不了人，若是夜里灯灭了，就会出大事。"

守灯知道，这个小岛周围有多处险滩、暗礁，夜间过往船舶，都需灯塔指引，方能安全通行。

天际泛白，渐亮渐红，大海也由黑暗变得光亮起来。接着是一道红霞，慢慢地扩展，辉映在无边的海面上。片刻，一点金红色的圆边露出来，一点一点地扩张、上升。后来，它似乎憋不住，一下子蹦了出来。刹那间，这个金红的圆球发出夺目耀眼的亮光，海上射出万道金光……尽管守灯在这里多次看过日出，此时还是禁不住由衷地赞道："太美了！在这里看日出一点不亚于'蒲门晓日'。""蒲门晓日"是岱山的一个景点，是观赏海上日出的好地方。

"守灯，你马上就要大学毕业了。"妈岔开了话题。

守灯明白，妈的潜台词是：你毕业后有何打算？妈还不到五十岁，头发已经花白相间了，脸色黑红黑红的，额头上的皱纹一道道，像是刻出来的。守灯鼻子一酸，说："妈，我想把您带到城里去，让您安享晚年。"

妈固执地说："我不走，我要在这里陪你爸。"

守灯的爷爷民国时期就在这里看护灯塔了，后来父亲接了爷爷的班。十多年前父亲被台风卷走后，妈就接管了守护灯塔的任务。妈说，虽说没有找到父亲的尸骨，但是父亲的魂在岛上，在灯塔里。

"为啥给你取名'守灯'？守灯守灯，就是要确保灯不出问题，让来往的船只安全地经过。"妈大声说道，似乎生气了。

妈终于把话挑明了。妈曾不止一次地说过，他的命是渔民给的，生他的时候难产，当时台风突降，大雨倾盆，是渔民叫来了医生，母子才平安。

"你不回来，妈就一个人守！"妈的声音哽咽了。

随着守灯的成长，小岛也在悄悄地发生着变化，灯塔变了，塔身由矮小到高大，灯塔能源从乙炔到干电池再到太阳能。装上新设备后，妈看不懂设备上的英文标识和操作说明，原理也搞不明白。只有小学文化的她就自学英语和航标专业教材，每天写工作日记，积累了丰富的经验。如今，她已摸索出了一套初步诊断和治疗小毛病的方法。

守灯决定给妈摊牌，不能让妈胡乱猜疑了。他揽过妈瘦小的肩膀，说："妈，我在学校跟导师进行智能化航标系统的课题研究，实现遥测遥控不再是梦想。不远的将来，岱山的近两百座灯塔，不，全国的五千余座灯塔，采用自动化系统，就不用人看守了。”

“真的？”妈又惊又喜，眼里蒙了一层雾。

守灯重重地点了点头，说：“妈，您放心，塔上的灯不会灭，我心里的灯更不会灭！”

“你这孩子，咋不早说呢。”妈轻轻捶打了守灯一下。她眼里的雾散了，泪出来了。

这时，一艘船从灯塔旁边缓缓经过，拉响了汽笛，嘹亮，悠扬。守灯心里暖暖的，满满的。他知道，船是在向灯塔致敬，是在向妈致敬，也是在向他致敬。

传家宝

春子往火里添了两根柴，一阵噼里啪啦的声响过后，伴随着一阵火星子的飞舞，火苗比原先灿烂了，映照着父亲的脸，黑红中泛着一层光彩。春子掏出纸烟递过去。“吸不惯，还是这个有劲儿。”父亲晃了晃手里的烟袋。父亲把烟袋伸进烟包挖了满满一勺，用拇指按了按，然后歪着头就着盘旋的火焰点燃了。

村里不时传来炸响的鞭炮声，年的气息越来越浓了。

“过罢年，我就整整撑了四十年。”父亲吧嗒了一口烟，很享受地吸了一口。

春子低着头，怔怔的。

“我老了，干不动喽。”父亲一直看着春子，眼光里有疼爱、有欢喜、有期待。

春子瞅着升腾的火苗，没有说话。

“因老家遭了大水，你老爷（曾祖父）带着一家老小落脚到这里。感念这里的人好，你老爷会些木工手艺，就造了一条小船，摆渡，不取分文报酬。老人家临死立下遗嘱，子孙后代义渡乡亲……”父亲不像是自言自语，像是说给春子听的。

春子的目光溜出门外，望着眼前缓缓流动的小河，心里生起无端的怨恨。

“你老奶（曾祖母）去世时，你老爷上午忙完丧事，下午就到渡口去了……到你爷爷这一辈，他结婚那天，拜了天地后，直奔渡口……轮到我，那就多了。有一年，我下河救人，上岸后发起了高烧，在医院躺了半个月才出院。你打工没回来，我就掏了一千元雇人摆渡了半月……”说到这里，父亲的脸上有了神采，连那一道道皱纹里都放出光来。

“乡亲们的情啥时候才能还完？”春子忍不住说道。

“还不完！咋能还完呢？若是当年他们不收留你老爷，只怕早就变成孤魂野鬼了，哪会有我，更别说你了。”说到这里，父亲指了指墙角的蓑衣和竹篙，说，“还有外面的船，这就是咱的传家宝。从你老爷到我这一辈，先后渡坏二十二条木船，撑破一百多把竹篙……到你这里，不能断了，还要传给我的孙子。”

“这有什么可骄傲和自豪的？”春子又带气又带笑。他在外面打工，每月四五千块的收入，实在不愿意回来。

这时候，门外传来凌乱的脚步声。“有人过河！”父亲站了起来，要去拿墙角的竹篙。

“大叔，过年了，陪你喝两盅。”随着话音，门口一暗，进来几个村民。一个个手里都不空，提着水果，还有酒和菜肴。春子认得，其中一个是老村主任。

看到春子，老村主任说道：“春子也在啊，啥时间回来的？过罢年不走了吧？”

不等春子说话，父亲呵呵一笑，豪气地说：“不走了，不走了，该接班喽。”

春子站起来给老村主任打过招呼，回家了。娘还在家忙年呢。

春子的家就在渡口不远的山坡上。

回到家，娘刚蒸出一笼馍，有花卷，有菜包，有蒸馍，冒着袅袅的热气和丝丝的香气。家的味道，年的味道，一下子把春子包围了，心里的不快消失得无影无踪。

春子刚要伸手抓个花卷吃，娘拍了一下他的手，说：“还没敬河神呢，等会儿吃。”

听说要敬河神，春子心里又生出隐隐的不快。

娘似乎知道春子的心思，说：“你爹让你回来就回来吧，有地，饿不死，挣那么多钱干吗？人这一辈子，名声比啥都重要。”

“娘，别说了，我这次回来就不走了。”看到娘的头上一片雪白，春子心里动了一下。

过罢年，春子真的就接替了父亲摆起了渡。让人万万想不到的是，春子破例收取费用，每人单程两元钱。

父亲说：“你不是我的儿子。”

春子说：“是不是要问问我娘？”

“龟孙！”父亲火了，“你死后也不能进祖坟。”

春子说：“进不进咱们说了不算。”

“你到底要干啥？”父亲强压住心头的火气。

春子说：“我收钱，乡亲们就没有亏欠感了。”

“放屁！是咱欠乡亲们的！”有好多天，父亲都不敢出门，不敢面对乡亲们。

其实，父亲的猜测和担心完全是多余的。对于春子摆渡收费，有不少村民倒还是理解的。老村主任知道父亲的心思，还特意赶来安慰他，说收费是应该的，早就应该收费了。

私下里，有人曾给春子算过一笔账，一个人一次两元，一船按十人计算，每天大概三十个来回，每个月至少有两三万的收入。乖乖，春子要发大财了。

父亲再出门时，明显感觉到了乡亲们的目光跟先前有很大的不同，见了面也没有过去的热乎劲儿了。

春子也有类似的体会，乡亲们的眼神较之以往，少了温度，少了情谊，多了冷冰冰，多了敌意。有时当着他的面，指桑骂槐，话也说得难听。

“报应，报应啊。”父亲没少这样哀叹。儿大不由爹，父亲干生气也没办法。

一年后，村里来了一支建筑队，在小河上架起了一座桥。

没有人再坐船了。春子的小船、竹篙和蓑衣真的成了文物。有村民还幸灾乐祸的，见到春子，还假惺惺地关心，说有了桥，春子要失业了。春子淡淡一笑，没有说话，没有一点儿失落的样子。

当桥竣工那天，春子又到外地打工去了。

那天，父亲忍不住告诉老村主任，说那座小桥是春子出资修建的。

老村主任的嘴巴半天没合拢，末了说了一句:“去你的春子。”

“你这货咋拐弯骂我呢？”父亲不愿意了。

老村主任哈哈一笑，拿手捋了一下父亲的头。

“去你的春子。”父亲自言自语地重复了一句，然后嘿嘿地笑了，眼角里，皱纹里，都塞满了骄傲和自豪。

稻　香

过了五月，稻子刚开始扬花，寨上寨下就弥漫出稻子特有的那种味道。时间越往后，随着气温的升高，那种味道就越发浓郁，使人不由得想呼吸，再呼吸，好像要拿这种味道把五脏六腑过滤一遍。

这个寨子地形独特，山顶上是一片森林，林中有一水源，旱涝不竭，为寨里的人畜和庄稼提供着便利，因此这片树林被当地哈尼族人称为“寨神林”。寨神林往下，直到山脚，是呈阶梯状的稻田，一块又一块，呈月牙形环绕着。

索姆是寨子的“沟长”——负责着整个寨子的水沟，说得更直白一点，就是通往每家每块稻田的水沟，哪块稻田没水，他就得及时引水过去；哪块稻田积水过多，还得及时疏导。

这天，天还没透亮，索姆怀里揣两个煮熟的土豆，背着馒头就要出门。

儿子福来从被窝里探出头，说："爹，见天上山啊？"

自从索姆去年秋天被大家推选为沟长后，天天上山，一天也没歇过。别看沟长是个最不起眼儿的头衔，责任却重大。若是责任心不强，像小孩子仰八叉尿尿随便流，要么冲毁稻田，要么稻子吸收水分不够，影响产量和质量。

索姆叹口气，说："今年山上的水较往年小了许多，若是不上心，稻子很可能要减产。到时，大伙儿会怎么看我？"

爹也太拿土豆当干粮了，不就是个沟长吗？福来扑哧一下笑了，说："爹，去年秋到今年春，雨水少得像猫尿，要说事也得算到老天爷的头上。"

"老天爷是老大，谁敢拿他说事？"索姆闷声闷气道。

福来知道爹的脾气，假如硬顶他，就像发了疯的牛，谁也惹不起。想到这里，福来换了个话题，说："爹，今年咱家的稻子还可以吧？"

索姆点了点头。他知道，福来问这话是有原因的。往年的沟长是旺达，这家伙懒散，但对自家的稻田上心，把自家的稻田侍弄得很是热闹、繁茂。譬如去年，他家收了三十袋稻子，而跟他地亩数一样多的索姆家，只收成了十七袋稻子。也正因为旺达的自私和懒惰，在大伙儿的强烈建议下，这才罢免了他，推选了索姆。

索姆刚要跨出门槛，福来又开口了，说："爹，我昨天上山了，看到咱家的稻子像是营养不良的黄毛丫头。”

索姆迟疑了一下，说：“我心里有数。”声音低低的，很没底气。

父亲说话的语气一贯如此，福来也就没再多想。眼下稻子还不到灌浆的时候，或许老爹心里真的有数呢。

索姆刚到山上，就看到一个熟悉的身影也在稻田边转悠——那是旺达。

看到自家的稻田被涓涓的溪水滋养着，稻子长势甚是精神，旺达的嘴角扯过一丝笑容。这时，他也发现了索姆，便不冷不热地说道：“索姆沟长，若是今年歉收，哼！”说罢，没等索姆张嘴，他便转身走了。

索姆愣怔了一下，看到旺达走远了，开始沿着水路巡视。从山下到山上，再从山上走到山下，一块稻田，又一块稻田；一条水沟，又一条水沟……这里扒扒，那里搂搂。听着潺潺的水声，呼吸着稻子的气味，看着稻子在微风中点头，像是在对他问候致意，索姆心里比喝了蜜还甜，所有的不快和劳累都无影无踪了。

……

转眼到了八月，空气中的稻香更浓了，更纯了。寨子里的人明白，稻子该收割了。

虽然今年雨水不多，稻谷的收成并不差，像旺达家，跟去年差不多，收了整整二十九袋。唯一收成不好的是索姆家，只收了十七袋稻谷，跟去年一样。

不只是福来，大家都知道，这是水分滋养得不够。

把“丰收”背到家里——哈尼族人称背“稻谷”为背“丰收”，福来见鸡骂鸡，见狗打狗，很显然，他在生老爹的气。

索姆不知道怎么劝慰儿子，只是像做了错事似的，默默地端着旱烟袋，一个人蹲在院子里吞云吐雾。

福来刚要数落父亲几句，忽然看到乡亲们来了，他们的肩上都或多或少背着稻谷，那是他们答谢沟长索姆的稻谷。

无论索姆如何拒绝，乡亲们说着感谢的话，把稻谷倒下便嘿嘿地走了。

当天晚上，又有人悄悄背来了一袋稻谷，那人是旺达。

事后，福来拿布袋量了量，仅乡亲们送的就有十五袋。福来心里一下子敞亮了，他感觉对不起父亲，想对他老人家说句道歉的话。但是，当他站在老父亲眼前时，说出口的却是：“爹，今年的稻子真香！”

爷爷的抗战

早年，当地流行这样一首顺口溜：“侯家有绝招，染衣蓝如宝，穿到花花烂，颜色依然好。”说的就是爷爷。爷爷不但会染布，还会印花，即在染出的布上做出图案，俗称“夹花”，蓝底白花，式样十分别致。除了黑白图案，爷爷还能鼓捣出彩色图案，据说其华丽程度能赶上皇帝上朝时穿的龙袍。

1943 年深秋的一天，一支八路军的队伍穿上爷爷染的衣服刚走，日本人就来了，领队的是山本一郎。山本一郎把村里人集合在一起，架起了机枪，要大伙儿说出八路军的下落，否则一个不留通通杀掉。

爷爷战战兢兢地站了出来，他没说出八路军的下落，反说要给日本人染布，染出一套八路军的服装。

上个月，曾有五个八路军穿上日本人的衣服混进了一个驻守了十多个日本人的据点，等到日本人明白过来，已被缴了械做了俘虏……太耻辱了！太丢皇军的人了！依照中国人的说法，报仇雪恨的最佳方案就是以其人之道还治其人之身！山本一郎明白了爷爷的意思，得意地哈哈大笑。

爷爷有条不紊地忙活开了。他把染缸全部清理出来，先把染料的主要成分，槐米、靛蓝、茜草、红花、姜黄、栀子等五颜六色的东西按一定的比例一一倒入各个染缸里，然后把日本人的衣服送进缸里。染一次约十分钟，拉上来后绞干，抚平，再染……当时已是深秋，天气冷飕飕的。一会儿工夫，爷爷就甩掉衣服光着膀子干起来。看到爷爷身上亮晶晶的，像刚从水里出来一样，脊梁沟的汗水像小溪似的往下淌，监视的两个日本人伸出大拇指："你的，良民，大大的！"得到日本人的称赞，爷爷的脸就蹙成核桃状，一脸的惬意，干得更加卖力了。

经过浸色、晾晒等工序后，日本人的衣服已经变成了土黄色，跟八路军穿的不差分毫。山本一郎兴奋得像一条发情的公狗，让属下统统换上了这些土黄色的衣服。之后，就雄赳赳气昂昂地上路了，很像那么回事儿，如果不叽里咕噜地说话，足以达到以假乱真的效果。

日本人走后，乡亲们都不搭理爷爷，私下里称爷爷"汉奸"。

时隔不久的一天晚上，染坊着火了。因有一批活儿要做，爷爷当晚住在了染坊。等奶奶得知消息赶到染坊时，只见火焰熊熊，蹿了几丈高，火光把半个天都照亮了。火太大了，根本到不了跟前，只能眼睁睁看着染坊被一点一点烧成了灰烬。爷爷被烧成了一具焦黑的干尸，像是枯干朽掉的树干。

本家的五爷也在场。他叹口气，说：“这事可能是八路军干的……他……他也是自作自受，不值得为他难过。”

新中国成立后的一个春天，当地民政部门陪同当年曾在村里驻扎过的部队政委来到村里，他们来找爷爷证实一件事。

听说爷爷死于非命，政委灰着脸，黯然半天，讲出缘由：深秋的一天，天空很亮很蓝，阳光像金粉一样耀人眼目。八路军正在山上埋锅造饭，忽然哨兵报告远方走来了山本一郎的队伍。当时没有认出来是日军，以为是自己的队伍，因为穿的也是八路军的衣服！他们正要上前打招呼，不想却看到了奇观——在太阳的直射下，日军的衣服由土黄色变成了白色，而且，每件衣服的前胸后背上都出现一面“膏药旗”！正当八路军惊奇之时，日军也发现自己身上的衣服发生了变化，他们哇哇叫着乱了阵脚。八路军反应迅疾，纷纷开枪射击，不到五分钟就歼灭了这支日军……事后，八路军猜测是爷爷干的，因为之前把八路军的衣服染成日本人的服装也是爷爷的杰作，由于当时战事繁忙，没有回来给爷爷请功。

奶奶听得很平静，脸木木地呆愣了好久，眼里的泪才虫似的爬了出来，一串一串往下坠，豆粒似的滚了一地。她哭了一会儿，想了一会儿，才喃喃说道：“老头子，你……你死得冤啊……”接着哭起来，哭声悲切，像是老牛的哞叫。

听完政委的一番话，村里的老少爷们儿不住地感慨，有悲凉，有戚然，也有赞叹。有一个人例外，那就是五爷。他的样子怔怔的，像着了魔一般。他不住地喃喃自语：“你咋就不说一声呢？你咋就不说一声呢？”

等到村里人再见到五爷时，他已经吊死在了爷爷坟前的一棵柳树上。

三个月后，奶奶无疾而终。她咽气时，表情很安详，上身穿着一件华丽的衣服，像古时皇后娘娘穿的袍子，五颜六色，花红柳绿。虽然是老粗布，图案也是手工印染出来的，依然鲜艳，好看，扎人的眼。

护林员老杨

天麻麻亮，老杨就起床了。说是“床”，其实是山上的石头支起来的石板。他打开蛇皮袋看了看，能糊口的只剩红薯了。他上山将近两个月，干粮哪有不吃光的道理？老伴身体虚弱，不会背粮来给他的，她根本就爬不上这海拔一千八百米的山。他也想下山，可是，两个多月没下一滴雨了，正是高火险天气，林区枯枝落叶见火就着，而且在此防火期里，要一天三次向县林业局防火值班室报告林区的情况，实在是离不开啊。老杨装上两块红薯，背一壶开水，拿一把斧头，出发了。

山上的树木密密匝匝，郁郁葱葱。盘根错节的古榕，虬干曲枝的柏树，吐蕾展瓣的山杏，铺青叠翠的灌木……阵风吹过，绿浪翻滚，林涛作响。

老杨欣慰地笑了。

在山上整整二十年了，这些树林可都是老杨看着长大的。林很密，山上也没有路，有时他用斧头把绊腿的荆棘砍掉；有时枝丫低垂，他不得不趴在地下匍匐过去；有时从树枝上垂下几丝茑萝，缠在他的脸上；有时遇见啄木鸟贴在树上一动不动，用惊奇的眼神凝视着他；有时听见黄鹂和画眉的歌唱，但不知在什么地方……一会儿工夫，他头上的汗珠子就滚了下来，流进眼里又酸又涩，但他已习以为常了，用袖子抹拉一下脸上的汗珠，继续往前赶路。如果不抓紧时间巡视，他怕天黑前摸不回他住的山洞里。

来到一个小山头，老杨拿出高倍望远镜认真地四下观察，发现没有异常后，这才松了一口气。然后，他就对着大山可着喉咙吆喝起来："嗷嗬，嗷嗬……我来了！"空旷的山谷里一波一波地回荡着他的喊声。他好想和人说说话，可是山上没有人，方圆十公里都没有人烟，他只有自己"吼"给自己听了。可是他的声音并不美妙，他吼了几声就气馁地放弃了。

忽然，一阵哗啦啦的声音传来，他循声望去，愣住了，只见七八头野猪向他围了过来，看样子最大的有一百多公斤重，最小的也有四五十公斤。离自己十几步远的地方是十多丈高的悬崖，已无退路可走。他就屏着呼吸，忍着钻心的疼痛，躲进旁边的圪针丛里，腾出一条通道让野猪过去。直到这群野猪从视线里消失，他才慢慢地爬出来。

老杨庆幸化险为夷。

老杨又来到另一个山头，刚放下的心又悬了起来：他看见了山脚下的浓烟和火光！他浑身打战，又气又急，这火就像是在烧他的骨头，烧他的心啊！虽然失火处在林子边缘，如果不及时扑灭，一旦引燃山林，后果不堪设想。他拨打119和110后，立即向林业局防火值班室报告险情，随后向山下跑去。

等老杨跌跌撞撞跑到山下，他身上的衣服被荆棘扯得长一片短一截，脸上、胳膊上挂满了一溜一溜的血道子；他的两只黄球鞋不知什么时候跑丢了，两只脚掌上的血泡磨破又生出，血淋淋的让人惨不忍睹……他气喘吁吁、大汗淋漓，加上头发长长的，胡子黑刺刺的，把人们着实吓了一跳，以为是“野人”下山了。

看到着火的地方不是林子，是一堆干草枯叶，而且已被大伙儿扑灭了时，老杨心里一松劲儿，一屁股坐在地上，好半天才在老伴的搀扶下站起来。纵火者是一个不到二十岁的少年，他怯怯地站到老杨面前，不知如何是好。老杨的脸本来就黑，这下更黑了，他狠狠地扇了那个孩子一巴掌，说：“杨林，你不上学，咋回家放起火了？若把山林点着，等着挨枪子儿吧！”早有人拉开了老杨，劝说着他。老杨的老伴抹着泪，拉过那个叫杨林的孩子的手，哀怨地对老杨说：“孩子早就毕业了……”

老杨愣怔了一下，愧疚地看了杨林一眼，但他什么也没说。

杨林看了看老杨，终于开口说道：“我和娘好多天没看到你了，很想你，又不知道你在山上什么地方……我就弄来一堆干草点燃了，猜测你看到火光一定会下山的。”说到这儿，杨林就泣不成声了。

老杨一把抱住杨林，脸上也爬出了泪，他哽咽着说：“孩子，爹对不起你……”

第二天，老杨背着一袋子干粮又上山了。他后面跟着一个孩子，那是他的儿子杨林。

唐三彩

那天，康乡长到南湾村调研。村主任老贵忍不住兴奋地告诉他，说栓保的女儿梅花考上了北京大学。

对于栓保，康乡长是不陌生的。去年年关的时候，康乡长给栓保送去了一壶油、两袋面、三百元钱。可是，栓保死活不要，说他家的日子还过得去……现在听到这个消息，康乡长自然也很高兴，说："走，咱去栓保家看看。"

康乡长和老贵去的时候，梅花正坐在床边，嘤嘤地啜泣；栓保蹲在地上，不住地吧嗒着旱烟，很是无精打采。

老贵在康乡长后面悄声说道："栓保兴许正在为梅花的学费发愁呢。"康乡长似乎没听到老贵的话，朗声说："栓保，女儿考上了北大，祝贺你啊。"

栓保这才发觉来客人了，忙慌乱地站了起来，讪笑着说：

“康乡长来了。”梅花别过脸去，用袖子擦拭着脸上的泪痕。

康乡长四下瞅瞅，栓保家里依然空荡荡的，没有一件值钱的家当，墙角一缸咸萝卜散发出一种说臭不臭、说咸不咸的味道。

老贵附在康乡长耳边说道：“栓保家一年四季把咸萝卜当饭吃。”

康乡长盯着墙角旮旯放着的一个瓷罐，突然两眼一亮，说：“这个罐子是干什么用的？”

栓保不好意思地一笑，说：“当年腌制咸菜用的，现在嫌它有点儿小，就不用了。”康乡长把瓷罐搬到光亮处，用手小心地擦拭了一下，惊讶地说：“这是宝物啊。”

栓保，还有老贵都眨巴着眼睛，好像不明白康乡长的话。

康乡长说：“这个瓷罐不是一般的瓷罐，是唐三彩。”

栓保说：“不可能吧，是俺爹活着的时候用两个鸡蛋在集市上换来的。”

康乡长摇了摇头，接过老贵递过来的一块破布仔细地抹拭着，得意地说：“你们瞧瞧，这个瓷罐绝对是唐三彩。”

老贵一愣一愣的，说：“康乡长，你可看仔细了。”

康乡长说：“你们瞧瞧这瓷罐，造型古雅端庄、生动别致，彩饰新颖细腻，釉色莹润鲜亮，有一种斑斓富丽的艺术效果。”

老贵说：“为啥叫唐三彩呢？”

康乡长侃侃而谈：“这种制陶工艺盛行于唐朝，使用黄、绿、白三种颜色，经过烧制后，三种颜色相互交融，三彩就变成了有原色、复色的斑驳陆离的多种颜色。据说由于制作过程中釉质的自然下流，烧制好的唐三彩会产生许多复杂奇妙的变化。因此，没有任何两件唐三彩作品是完全一样的……所以说，这是一件价值连城的宝贝。”

康乡长一席话，把老贵和栓保搞得目瞪口呆，傻了一般。

栓保迟疑地说：“康乡长，这个瓷罐真是宝物？”

康乡长点点头。

栓保说：“可是，可是，这宝物对我来说也没啥用处，也不知道有人要没有？”

康乡长说：“这样吧，我出三万块，你卖给我如何？”

栓保惊喜地说：“真的？”

康乡长说：“不骗你。”

栓保就慌乱地点了点头。

老贵也松了口气，说：“梅花这下可以上大学喽。”

第二天，当康乡长交给栓保三万元要把瓷罐抱走时，梅花红着脸说：“康乡长，这个瓷罐既然是唐三彩，肯定是我家祖传的东西，所以我不想让它流落到他人手中。”

康乡长眨巴着眼睛，说：“梅花，你这话什么意思？”

梅花说：“康乡长，你要保存好这个瓷罐，五年后，我用四万块把它赎回，中不中？”

没想到是这样，康乡长一时说不出话来。

梅花说：“康乡长，你要不同意，就请拿走你的钱，把瓷罐留下。”

康乡长说：“那好，五年后你可以赎回，但不是四万，是十万！”

梅花沉默了片刻，就使劲点了点头。

康乡长走后，栓保气急败坏地对梅花说：“闺女，你是疯了还是咋的？那个破瓷罐他买走就买呗，你还赎它干啥？你当真以为那就是宝物？”

梅花说：“爹，我找专家鉴定了，那个瓷罐就是唐三彩。”

栓保说：“确实，我是跟着你爷在集市上拿鸡蛋换的，怎么会是宝物呢？若真是宝物，三万块钱咱是不是卖亏了？”

梅花说：“没有，我们还捡了一个大便宜。”

栓保说：“那就好，赎回不赎回都中。”

梅花在大学里刻苦读书勤奋学习，由于成绩优异出类拔萃，毕业后被一家公司聘为副总，年薪二十万元。在老贵的带领下，梅花开着小轿车带着十万元辗转找到了康乡长。这时候，康乡长已经成了康书记。

康书记又惊又喜，他抱出那个瓷罐，说：“闺女，实话跟你说，这是一个很普通的瓷罐。”

梅花一点儿也不感到惊讶，说：“康书记，谢谢您。我当初就知道是个很普通的瓷罐。”

康书记很是意外：“那你为何还要赎回去？”

梅花说：“做人得讲良心……当年要不是您出手相帮，我不可能有今天。”

老贵有点儿明白又有点儿糊涂，说：“康书记，既然您知道是假的唐三彩，为啥当年提出要让梅花拿十万元来赎回？”

梅花抢先插话说：“老贵叔，康书记一是不想让我赎回这个假的唐三彩，二也是在逼我学业有成，干出一番事业啊。”

康书记点点头，欣慰地说：“梅花，还是你了解我。这样吧，我只能拿回属于我的三万。”

梅花有点儿为难，看到身边的老贵，眼睛一亮，说：“康书记，好，那我就把剩余的七万捐给村里吧。”

康书记说：“梅花，这下你可为村里作出了大贡献啊。”

三个人都笑了，三张笑脸如同三朵盛开的梅花。

手　机

羊肠子似的山道上，一辆长途客车蛇样地爬来绕去。远远望去，倒像一只蜗牛在蠕动。

这是一辆从省城开往乡下的客车，车内座无虚席，从衣着打扮上看，各色人等都有。乘客当中，有的昏昏欲睡，有的眺望窗外的风景，还有不少人在“玩弄”着各自手中的手机。

一个头发一缕黄一缕红的小伙子捧着手机在认真地打游戏，嘴里还不停地发出或惊喜或懊恼的叫声，一惊一乍的……

一个红光满面、大腹便便、怀里抱着公文包的秃顶男人把手机贴在耳边指点江山，颐指气使：“办公室吗？通知各单位负责人明天上午九点在机关二楼开会……”

一个西装革履一只手上戴着两个金光闪闪戒指的中年汉子旁若无人地对着手机吆喝：“老大，价格不能再低了……”

一个打扮新潮红嘴唇黑眼圈的时髦女郎把手机吻在腮边窃窃私语……

一个抱着书包的中学生在播放音乐，听得出正在播放的是周华健的《真心英雄》：……灿烂星空谁是真的英雄，平凡的人们给我最多感动，再没有恨也没有痛，但愿人间处处都有爱的影踪……

他们的脸上或幸福，或甜蜜，或陶醉，或灿烂。因为这是一个刚刚流行手机的年代，手机是富有的象征，手机是身份的标志。

车厢最后面的角落里蜷曲着一个乡下汉子，大约三十岁，蓬头垢面，胡子拉碴，身边塞着一个饱满的蛇皮袋。他是在城里打工今天回家的。他伸着脖子羡慕地看看这个的手机，瞧瞧那个的手机，偶尔咽一下口水。他的上衣口袋里也有一部手机，那是他在城里刚刚买来的。与那些漂亮、精致的手机相比，他的手机实在不算什么，档次低，价格廉，和他的人一样不显山不露水的。他把手伸进上衣口袋里，摩挲着里面的手机，爱不释手的。看到大家都在纷纷打电话，终于，他也忍不住了，于是掏出手机拨打起来："梅花吗？我在回家的车上。嘿嘿，没事，我不是想你们吗？我天黑就到家了……"乡下汉子的声音不大，生怕大家听见似的。

当客车吭哧着爬到半山腰时，车厢里有了骚动。两个流里流气的青年把一个青春靓丽的姑娘挤到窗边，动手动脚地猥亵她，光头青年用手捏着姑娘的脸蛋，不怀好意地奸笑着；另一个黑胡子青年去拽姑娘的衣服……姑娘发出惊恐的尖叫，一边挣扎一边用求救的目光望着周围的乘客。遗憾的是，周围的乘客都闭上眼睛睡着了，那些玩手机的乘客不知什么时候悄悄地关了手机也闭上了眼睛。

这时，只见那个乡下汉子迅速站起来："住手！你们干啥？再不放手我就报警了。"说罢扬了下手里的手机。两个流氓吓了一跳，当看清管闲事的人是谁时，不约而同地冷笑了一下，旋即放过姑娘朝车厢后面走去。光头青年瞪着眼睛恨恨地说："我看你是活腻了，敢管老子的事……"黑胡子青年阴着脸，也不说话，走到跟前，挥拳打在乡下汉子的胸脯上。乡下汉子一边躲避一边出手反抗，伸出的拳头戳在了黑胡子青年的鼻子上，顿时，鲜血从黑胡子青年的鼻孔流出来。这下惹恼了黑胡子青年，他从腰里摸出一把匕首，猛地扎向乡下汉子的肚子……

看到血流如注的乡下汉子，车上的其他乘客被激怒了，纷纷从座位上站起来出手相救。短短几分钟的时间，就把两个流氓给捆绑起来。这当中，有人拨打了110，报告了所在的方位以及车牌号；还有人拨打了120，联系附近的医院。乡下汉子的血还在流，脸色也越来越苍白……长途客车不停地响着喇叭轰鸣着往山下疾驶。

110把两个歹徒带走了。

120把乡下汉子拉走了。

由于失血过多，乡下汉子最终没抢救过来。尽管车上的乘客都跟随到了医院，但没人知道乡下汉子的情况，不知道他姓甚名谁，不知道他家住哪里。有人记起乡下汉子有个手机。警察便从他的血衣里掏出手机，准备从里面调取号码和他的亲属联系。当擦去手机上的斑斑血迹，在场的人都愣怔住了，因为这是一个玩具手机！

那个玩具手机是乡下汉子给他三岁的孩子买的。这是后来人们才知道的。

康乡长的忙

南湾村地处偏僻，山里没什么矿藏资源，村里也没一家企业，是石庙乡有名的穷村，别的地方早几年都奔上了小康，这个村的温饱却还解决不了。几十年来，山还是那座山，河还是那条河，一如过去的山清水秀，没什么变化……新上任的康乡长到任后，听说了南湾村的情况，就抽个双休日下乡了。

南湾村村主任老贵喜出望外，以为又是来给他们送扶贫款和救济物资的。谁知康乡长一分钱也没给他捎，一壶油也没给他带，而是让他领着去山上、河边瞎逛。老贵不知道康乡长的壶里卖的什么药，遂心一横，只管吊着脸说村里的小学校舍破破烂烂该补了，说村里的道路坑坑洼洼该修了，说他老贵在村委多年的工资没得过一分……

康乡长也不搭话，任由老贵哭穷。这时，他看到小河边几只嬉水的鸭子，就两眼放光，说:“老贵，村里养鸭的不少吧？”

老贵点点头，说:“康乡长，村里人都拿鸭屁股当摇钱树哩，鸭蛋也不舍得吃，都攒起来拿到镇上换油盐酱醋了。”

康乡长点了点头，没说话。

中午在老贵家吃饭时，老贵又厚着脸皮提出让乡里帮助南湾村脱贫。康乡长说：“老贵，乡里也有乡里的困难……这么着吧，你先帮我个忙，只要这个忙你肯帮我，我一定让南湾村摆脱贫困，走上致富路。”康乡长话音刚落，老贵就激动得差点儿把手里的饭碗撂地上，说：“乡长让我帮啥忙？”

康乡长微微一笑，说：“老贵放心，这个忙你一定能帮上，我想要一些鸭蛋。”

老贵松了一口气，说：“这个没问题，我现在就让老伴去村里弄。”

康乡长摆摆手，说：“不急不急，我要的多。你们村多少户人家？”

老贵迟疑了一下，说：“不多不少二十户。”

康乡长说：“每户三百个，总共六千个。”

老贵吃了一惊，心说，这么多?但他也只是愣怔了一下，权衡利弊后，便拍着胸脯保证:“好，没问题，康乡长你可说话算数？”

康乡长就肃着脸，说：“君子一言，驷马难追！”

村里的老少爷们儿知道这件事情后，不用老贵过多地做思想工作，都开始把鸭蛋给康乡长攒了起来。半月时间，老贵根据各户报的数字，算出已经有六千个鸭蛋了。

康乡长闻讯就又驱车去了南湾村。出乎老贵的预料，康乡长竟得寸进尺得陇望蜀，说再麻烦老贵一下，把六千个鸭蛋全孵成小鸭。老贵心里窝火，但他没别的办法，只好满口应承下来。

六千个鸭蛋全部孵成小鸭可是个难事，村里没地方不说，也没资金去折腾。但老贵和他的村民们很快就解决了这个问题，那就是谁家的鸭蛋谁家负责孵成小鸭，各人作各人的难。老贵感动得差点儿掉眼泪，真想跪到地上给老少爷们儿磕几个响头。

过了一段时日，小鸭出来了。康乡长得到消息后，说："老贵，这样子，你们把这些小鸭给我养大了吧，到时候再跟我联系……我不会亏待南湾村的，我说过的话算数。"

老贵只有唯唯诺诺地答应下来，心里却骂康乡长不是东西，说他的胃口也太大了，心也太黑了。

南湾村的老少爷们儿却没难为老贵，还是老办法，谁家的小鸭谁家饲养。因为他们心里有盼头，记挂着康乡长的承诺，所以把这件事情看得很重。大伙儿唯恐把鸭养糟了，怕康乡长不兑现他的承诺，都想方设法、千方百计把鸭养好：把盖房的木料拿出来，建起了结实的鸭舍，实行圈养；一改过去让鸭自己出去找食儿的饲养方法，也开始给鸭喂起了饲料；购买了养鸭资料，开始学习养鸭技术……

又过了一段时间，老贵挨家挨户看了看，小鸭都长成了大鸭，一个个肥嘟嘟的很茁壮。

老贵就骑个破自行车到乡里，找到康乡长说小鸭都长成大鸭了。康乡长喜出望外，连声说了几个好。随后，康乡长打了个电话，放下电话后就兴奋地对老贵说："明天我们先去看看。"

第二天，康乡长就去了南湾村，随他去的还有一个戴眼镜的中年人。村里到处都能听到鸭的聒噪声，构成一片热闹的喧声。

到村民家里看过鸭，康乡长和戴眼镜的中年人都十分满意。康乡长对老贵伸出大拇指，说："祝贺南湾村成为我们乡的养鸭基地！"

老贵糊涂了，如坠云里雾中。

那个戴眼镜的中年人说话了。他说："老主任，我们集团是生产加工北京烤鸭的……我刚才看了大家养的鸭，符合我们公司的相关要求，比我想象的还要好，按照市场价格，明天我们来车装运。"

老贵看看康乡长，看看那个戴眼镜的中年人，似乎还没明白过来。

康乡长笑了，说："老贵，这下南湾村的老少爷们儿可都有事做了吧，今年的扶贫款可就没你们村的事了。"

那个戴眼镜的中年人对老贵说："接下来我们要签订一个长期的供销合同，但你们要扩大养鸭规模，保证长年给我们供货……"

老贵和在场的村民总算明白过来了，不由得鼓掌叫好。老贵说："谢谢康乡长！谢谢康乡长！"

"谢我什么？你们是猪八戒啃猪蹄，花奶牛喝牛奶，自己分享自己的果实，要谢该谢你们自己！"康乡长的脸笑得像一盘盛开的向日葵。

两把宝刀

父亲临终咽气前，把大宝小宝叫到床前，从自己的枕头下抽出层层包裹着的两把钢刀，说："我做了一辈子的铁匠，没有给你们留下多么值钱的家当，唯有这两把刀兴许还有点儿用处，你们兄弟两个一人一把。"大宝的祖上原是民间做刀高手，最早可追溯到清朝年间，康熙年间曾进宫做腰刀，所以他家的刀又称官刀，传到他父亲这一代已有一百多年的历史。大宝小宝吃不了打铁那个苦，受不了烟熏火燎那个罪，不愿学习祖传的手艺，父亲也就没再勉强，因为新中国成立以后，需要刀具的人也日渐稀少了。

这两把刀清一色手工锻造，工艺独特，刀头是用油淬火，韧性好，硬而不脆，削铁如泥，十分锋利。大宝两眼一亮，急忙说道："爹，你的意思是说这两把刀是宝刀？"父亲没有正面回答大宝的问话，说:“有了这两把刀，保管你们衣食无忧。不到万不得已，不要轻易出手……”父亲说到这里，头一歪就咽了气。

埋葬了父亲后，生活又回到了原来的轨道上。兄弟两个日出而作、日落而息，过着老婆孩子热炕头的农家生活。

大宝从父亲的话里隐约猜测到刀非同一般，虽不敢肯定就是宝刀，但绝不是普通的刀。趁着农闲时节，为了验证自己的猜测，大宝就私下拿着刀去省城请人鉴定。不出所料，有人愿出高价购买，价格远远超出大宝的想象。大宝又惊又喜，但他没有出手，他眼下不到用钱的火急时候，他也知道这种东西保存的日子越久越金贵。

大宝从省城回来后，拿出所有积蓄，变卖了仅有的一点儿家产，悄悄地买来上等的牛皮，打造了一个大刀皮套，然后又制作了一个檀木箱。先把刀用丝绸层层缠绕，再放进牛皮皮套，装进檀木箱里。一个月黑风高夜，在自家的床下挖了一个大坑，把装有大刀的檀木箱埋了进去。可以这样说，为了保存这把刀，大宝费尽了心计。大宝土里刨食，日子好不到哪儿去，但他从没打过刀的主意。

大宝私下劝兄弟小宝，让他把刀珍藏起来。但小宝没当作一回事儿。有了这把刀，小宝的日子过得有滋有味，甚至于说是五光十色。农闲时节，他见天拿着刀上山砍柴。由于刀锋利无比，砍起柴来不费吹灰之力，每天砍的柴自家烧不完，大部分都卖给了四邻八乡。回到家里，小宝就把刀随手丢到院子哪个角落里，任由风吹雨淋日晒。刀确实是把好刀，除了锋利，从来也没打过豁口，也不生锈变色。

大宝看到小宝一点儿也不珍惜自己手里的刀，免不了数落小宝。小宝不以为然，我行我素。大宝就替小宝惋惜，说："别看你现在吃香的喝辣的，有你后悔的时候。"

转眼就是几十年。大宝的孙子结婚要盖新房子，可是房款没有着落。大宝想到了他床下埋藏着的刀，就挖了出来，带上刀和小宝一起进城了。小宝的孙子要出国留学，也需要一大笔费用，到了非卖刀不可的时候。可是，小宝是心里没底，哥哥的刀从未用过，自己的刀用了这么多年，还有变卖的价值吗？还算是宝物吗？

在省城古董市场，当大宝小宝兄弟两个的大刀一亮相，就立马吸引了不少人。有人拿来一截拇指粗细的铁棍，让兄弟两个演示一下。小宝心里松了一口气，说这个不难。他举刀挥向铁棍，说时迟，那时快，只见寒光一闪，铁棍即刻断为两截。

大宝也不甘示弱，拔刀砍向铁棍。谁知道出乎意料，大宝只觉胳膊一麻，差点儿把刀撂出去。刀也只在铁棍上留下了一道痕，并没将铁棍砍断。有人嘲笑大宝，说："老乡，别拿把破刀来吓唬人，哪儿远扔哪儿。"

结果，一位老板出高价把小宝的刀买走了，大宝的刀却无人问津。

大宝面红耳赤，愣愣不解地自言自语：“难道说我的刀和小宝的刀不一样？”

一位古董专家说：“你们兄弟两个的刀非同一般，确实都是宝刀。可惜，你们不知道啊，宝刀也是有灵性的，长期不用，也就失去了原有的灵性。你想，没有了灵性的宝刀，还会有什么价值呢？”

三代日记

我到一位朋友家做客，偶然在他的书橱里发现了他们祖孙三代的日记，阅后甚觉有趣，经他本人同意，现各选一篇，以飨大家。

朋友父亲的日记是在一沓散发着潮味的麻纸上画着的（他的父亲不识字，只能用图记下当时的情景，朋友看图说话，我把意思记了下来）：

1937年12月2日　大雪

我已经两顿没吃饭了。娘说："喝水吧，狗蛋。"我摇摇头。我不顾寒冷蹲在门口，望着飘着雪花的院子，等待爹的归来——爹早早出去要饭还没回来。娘说："狗蛋，我有办法让你不饥，你躺到炕上去。"我就乖乖地躺到炕上。娘把枕头塞到我屁股下面，又把被子叠方正垫到我双腿下面。娘苦笑着说：“狗蛋，饿不饿了？”“还饿。”娘说：“你的头抵住炕，屁股靠墙，两腿贴着墙尽量往上伸……”哈，我倒立起来后，果然不感到肚子饿了。

朋友的日记是写在一个发黄的笔记本上：

1962年8月5日 阴

我和妹妹正在树下看蚂蚁搬家，冷不防爹踢了我一脚:“你再耍，今儿晌午不让你喝汤。”我忙从地上爬起来摸着干瘪的肚子，说：“我不耍了。”爹暖了脸：“挎个篮去挖野菜。”村里大人小孩天天疯了似的挖，哪还有啊？爹说：“去后山沟。”于是，我勒了勒裤带，就提了个小篮去了后山沟。

我一边走一边四下打量，前后左右看得很仔细，生怕漏掉一棵灰灰菜、刺角芽、毛妮菜、面条菜什么的。忽然，我发现前面的地堰上有几棵酸枣树，上面挂着嘟噜连串的枣。我高兴坏了，忙攀上去摘了一个尝尝，嗨，酸酸甜甜的。我又吃了几个后，忙把小篮里的野菜倒了，开始手忙脚乱地摘枣，唯恐有人来跟我抢了。几棵树摘完，竟摘了满满一小篮，我一路小跑回到家里，等待着大人的夸奖。不料，爹看到枣不但没笑脸，反而扬手在我的屁股上打了一巴掌，随手把一篮酸枣全倒进了茅坑里。我哇哇大哭。

“他还是个孩子，知道啥？”娘瞪了爹一眼，拉我到怀里，用衣襟给我擦了把泪，叹道：“孩子，你不知道，酸枣开胃啊。”我愣愣地盯着娘，还是迷瞪不开。娘说：“人吃了它，就越想吃饭……”

朋友儿子的日记记在一个精美的日记本上：

1993 年 3 月 12 日　晴

我正在看动画片，妈喊我吃饭。我说不饿。妈说：“阳阳，你是不是又吃零食了？”我摇摇头。妈见我还坐在电视机前没动，就给我端了碗饺子，嘟囔道：“整天不吃饭怎行？”我接过碗，用筷子往嘴里扒拉了一个，努力往肚子里咽：“又是羊肉馅的。”我想放碗，但妈在一边监视着。我灵机一动，说：“妈，给我拿桶饮料。”妈扭身进了厨房。趁此工夫，我忙把饺子往沙发下扒拉了两个。妈拿来了一桶雪碧。我说：“把健胃消食片给我拿来。”妈不知是计，转身去取。我故技重演又往沙发下扒拉了几个，很快我就把一碗饺子给“吃”完了。妈出来收拾碗筷，嗔了我一眼：“就这还不饿呢，一碗饺子让狗吃了?！”晚上，妈去跳舞了，说是跳舞减肥。我把饺子从沙发下弄出来，倒进院子里的狗槽里。看着狗吃完，我才回房间打电子游戏……

规　矩

兄弟两个每逢遇到争吵的事情时，就比赛跑步。久而久之，这似乎成了规矩。在弟弟的印象当中，每次赛跑，哥哥总是跑不过他。

记得小时候，有一次临近年关，爹去镇上赶集置办年货，顺便买回了一顶新帽子。哥儿俩高兴得不行，争抢着要戴。哥哥说："我是老大，帽子应该让我戴。"弟弟说："我是小的，帽子应该归我。"爹把帽子举起来，看看这个，瞧瞧那个，不知道该把帽子给谁。娘埋怨爹，说："你要买就买两个，买一个咋整呢？"爹不自然地嘿嘿一笑，说："割了肉，买了鞭炮，剩下的钱就只能买一顶帽子了。"弟弟说："让我和哥赛跑，谁跑得快，帽子就归谁戴。"爹看了看哥哥。哥哥点头同意了。比赛路程就是村头到村尾，不足一千米的路。比赛开始后，哥儿俩都铆足了劲像两匹脱缰的野马撒腿就跑。两个人的体力差不多，几乎是一前一后，当然是哥哥在前，弟弟在后。弟弟急了，索性甩掉身上的棉袄，赤着上身跑起来……哥哥就在别人的惊呼声中一愣神的当口儿，弟弟超过了他。弟弟赢了，戴上了新帽子。

当哥儿俩长大的时候，日子依然好不到哪儿去，哥哥过了三十岁还没找到媳妇。爹急，娘也急，花光了家里所有的积蓄，最后找来一个四川女人。

按照爹和娘的意思，这个四川女人应该给哥哥当媳妇，弟弟还小，以后娶媳妇的概率比哥哥高。可是，弟弟不干，非要娶了这个女人，甚至跟爹闹，跟娘吵。弟弟说："我今年已经二十九岁了，再不结婚过了三十岁更不好找了。"一时间，搞得家里乌烟瘴气，很不和谐。爹愁眉不展，不住地叹气。娘呢，想起来就掉眼泪，责怪自己没本事，让孩子跟着自己受委屈。

哥哥就建议，跟弟弟赛跑，谁跑得快谁娶了这个四川女人。

哥哥比自己大六岁，不一定就能跑过自己。弟弟想了想，很愉快地答应了。

既然是哥哥提议的，爹和娘也没啥好说的，再说，不管谁娶，都是他们的媳妇，索性任由两个孩子去折腾。

比赛地点还是村头到村尾。比赛一开始，弟弟就跑到了哥哥的前面。弟弟累得脸色苍白，上气不接下气……等他跑到终点，累得泥一般摊到地上，哥哥还落下好大一截。

规矩是哥哥立下的，那就按规矩办吧。在一阵《百鸟朝凤》的唢呐和噼里啪啦的鞭炮声中，弟弟当上了新郎官。哥哥跑前跑后地招呼客人，丝毫看不出他的不高兴。爹和娘这才都松了一口气，心里的愧疚减少了几分。

尽管后来的日子富裕了，因为年龄的缘故，哥哥也一直没找下媳妇。

大概是前年吧，娘得了肾衰竭，需要换肾。哥儿俩都很孝顺，争抢着给娘换肾。医生说："你们兄弟两个先别争，需要配型，只有配型合适才能换。"

二十天后，配型结果出来了，哥哥和弟弟都可以给娘换肾。这下，两个人又争开了，都说自己是最合适的人选。

哥哥又建议，跟弟弟赛跑。

弟弟两眼一亮，说谁跑得快谁给娘换肾。他想，哥哥上了年纪，不一定就能赢了自己。

比赛场地还是村头到村尾。然而，出乎弟弟的预料，这一次他输了，而且输得很惨，尽管他累得上气不接下气，差点儿吐血，还是没撵上哥哥——哥哥一开始落在后面，当跑到三分之一的路程时超越了弟弟，一直跑到终点弟弟也没撵上他。

弟弟不甘心，还想跟哥哥争。哥哥狡黠一笑，说："咱哥儿俩不能坏了规矩。"

弟弟只能眼睁睁地看着哥哥进了病房。

病房外，四川女人，也就是弟弟的媳妇，忍不住告诉丈夫，这段时间里，哥哥每天半夜都起来跑步！

弟弟瞪大眼睛瞅着自己的女人，恶狠狠地说："你为啥不早告诉我？你说啊？"说罢挥拳要打她。一旁的爹拦住了他，说："你知道吗？为了让你娶上媳妇，那一次赛跑，你哥哥是故意输给你的。"

弟弟愣了一下，心里一热，隔着病房的玻璃对着哥哥忘情地叫了一声："哥！"

哥哥朝弟弟潇洒地摆了摆手。

望着哥哥的笑脸，弟弟一下子泪流满面。

心　锁

刘师傅因当年小儿麻痹症留下了后遗症，走起路来不利索，一瘸一拐的，找不到别的吃饭门路，就在街口那儿摆了个修锁的摊子。随着岁月的流逝，修锁无数的他练就了一手高超的技艺，凡是锁，没有他打不开的，被人誉为“锁王”。因此，他在当地成了不大不小的名人，可以说是家喻户晓妇孺皆知，就连当地的公安部门也和他常来常往，一旦案件上有需要开锁的事儿，便请他去解决问题。有了这手绝活，刘师傅的小日子过得有滋有味。

为了学到刘师傅的绝技，就有不少人动了心思，有的送礼，有的托人……都被他一一拒绝了。时间久了，大家都知道他的这个古怪脾气，也就没人自讨没趣拜他为师了。但是，这并不影响刘师傅的声誉。他心地善良，乐善好施，若你修锁一时没钱，只管走人就是，他从不开口讨要，等你下次来一并付时，他却早把这事给忘了，淡淡地说：“有这茬事儿吗？”若是听到谁家有了难事，就让人捎去三十五十的。后来，他的年纪渐长，身体也一天不如一天，大家都劝他物色个徒弟：左邻右舍怕丢了钥匙进不了家门；当地的公安部门怕他的绝技失传影响案件的侦破……刘师傅便动了心思，心说他这手技术还真不能后继无人，要不然会给大伙儿带来多少麻烦多少不便啊？于是，经过层层筛选，他初步物色了两个年轻人，一个叫大张，一个叫小李。

这是多少人梦寐以求的好事啊！两个年轻人因此乐得屁颠屁颠的，每天围着刘师傅嘘长问短。一段时间过后，大张和小李都学到了不少东西，配个钥匙修个锁的都不成问题，但他们学的也只是皮毛，还没有得到刘师傅的真传。刘师傅呢，有他的想法，认为他的绝技只能单传，也就是说只能传给其中的一个人。大张聪明伶俐，为人热情豪爽；小李木讷老实，心地善良……两个徒弟各有千秋不分伯仲，传给哪个好呢？刘师傅为难之际，决定对他们两个进行一次测试，声称谁的表现好就把真经传给谁。就这样，刘师傅弄来了两个保险柜，分别放在两个房间内，然后让大张和小李去打开。

大张用了不到十分钟就把保险柜打开了，在场的人都为他高超的技术叫好。大张自以为胜券在握，也就掩饰不住一脸的得意。小李用了十五分钟才把保险柜打开，技术明显不如大张。小李羞着脸看了刘师傅一眼，但刘师傅并没责怪他。在场的人也都一致认为，刘师傅要淘汰的将是小李。从另一方面讲，大张是个下岗职工，妻子常年有病，日子说不出的艰难，相比之下，小李的家庭条件要优越得多。

刘师傅平静地问大张，说：“你打开的保险柜里都有什么？”

大张喜形于色，悄声说：“师傅，保险柜里有一沓百元的钞票，一个金戒指，一块手表，一挂项链。”

刘师傅转身问小李：“说说你打开的保险柜里都有什么。”

小李的鼻尖上渗出了汗珠，笨嘴拙舌地说：“师傅，我没看保险柜里都有什么，您只让我打开锁。”

刘师傅赞许地对小李点了点头，说：“好，好，好！”然后，刘师傅郑重地当场宣布，小李正式成为他的接班人。

众人大惑不解，议论纷纷。

大张也表示不服气，忍不住说：“凭什么呀？难道小李的手艺比我好？”

刘师傅没有说别的，而是拍了拍大张的肩膀，说：“凭你的手艺和聪明，回去开个修锁的铺子还是饿不死的。”

大张心犹不甘，那样子似乎非让师傅解释清楚他输给小李的缘由。

刘师傅叹了口气，遗憾地对大张说：“因为你打开了两把锁。”

大张愣愣不解，说：“师傅您冤枉我，我刚才只打开了一把锁啊？”

在场的人也都随声附和，说:“是啊，大张并没做错什么啊，刘师傅是不是糊涂了？”

刘师傅微微一笑，说：“我虽然老了，但心不糊涂。”说罢他转向大张，语重心长地说：“孩子，干我们这一行的，必须做到心中只有锁而没有其他东西，心中还必须有一把不能打开的锁，那就是欲望！”

在场的人恍然大悟。大张的脸倏地红了。

传　奇

放学的铃声一响，似乎转眼之间，同学们都一个个兴高采烈地被爸爸妈妈接走了，唯有丫蛋形单影只，孤零零地走出幼儿园大门。那一场突如其来的大地震，使得丫蛋永远见不到爸爸了，妈妈的一条腿也残废了。为了养家糊口，妈妈一天到晚就在街口卖烤红薯。妈妈给学校老师求情，说丫蛋今年都五岁了，非常懂事。学校这才破例，每次放学后，丫蛋不需要家长接，可以独自一个人回家。学校与家相隔不远，不到两里地。如果丫蛋在路上不玩耍，也就十分钟左右的时间。

风呼啸着，刀子一样刮着人的脸。丫蛋背着小书包，东张西望，磨磨蹭蹭不愿赶路。忽然，他看到前面不远处围着一堆人，还不时传来阵阵喝彩声，他这才一蹦一跳跑了过去。

原来是一个坐在轮椅上的中年汉子在表演魔术。丫蛋赶到的时候，他正在表演“空手取物”的魔术——他伸出空荡荡的双手，让大家看看，确认他手里没有什么东西。然后，他两只手捂在一起，翻来覆去地转动。同时，他用嘴往手上吹了三口气。接下来，他的右手猛地往前一伸，像是要抓什么东西似的。待他打开攥着的右手，手心里有一只乒乓球！围观的人都拍手叫好，嚷嚷着让他再表演一个。

丫蛋脱口说道：“叔叔，您给我变出一个红围巾好不好？”

围观的人愣了一下，明白过来后都跟着起哄，让中年汉子赶快变出一条围巾来。

中年汉子面红耳赤，手忙脚乱。

丫蛋以为中年汉子不给他变，忙说：“叔叔，我妈妈没有钱买围巾，脸冻得又青又红……我想让您给她变一条红围巾。”

中年汉子回过神来，说：“小朋友，叔叔可以给你变，但现在叔叔肚子饿了，饿了就变不出围巾，我明天给你变好吗？”

旁观的人都轰的一声四下散去了，他们根本不相信中年汉子的话。丫蛋认真看了看中年汉子，重重地点了点头，满怀希望地回家了。

第二天，天空飘起了雪花。下午一放学，丫蛋就飞快赶到了老地方。由于天气恶劣没有观众，中年汉子没有表演魔术，他的身上披了一层雪花，从远处看，简直就是个雪人。丫蛋两眼一亮，喊了声“叔叔”。

中年汉子忙说：“小朋友，叔叔今天就给你变出一条围巾来。”说罢，中年汉子挥舞两手，挥舞了几下，果然就变出一条红色的围巾！

丫蛋怔了一下，兴奋地叫了声，抓起围巾转身往家里跑去。

因为路滑，中年汉子的轮椅走得很慢。他没有走出多远，丫蛋就气喘吁吁地追上来，从书包里掏出红围巾要还给中年汉子，噘着嘴说："妈妈说了，不能要叔叔的东西。"

中年汉子想了想，说："叔叔的东西是变出来的，是专门给你变的，你不要谁要啊？叔叔能变出来的东西太多了，家里都没地方放。"

丫蛋想不出反驳的话来，才又把围巾装进书包，高高兴兴地走了。

第三天，天放晴了。这天是个星期天，中年汉子正在那个地方表演魔术，丫蛋呼哧呼哧跑来了。

丫蛋眼睛一眨巴，说："叔叔，你给我变出两个烤红薯好吗？"

这孩子怎么捣乱来了？中年汉子为难了，不知道该如何应对这个场面。

围观的人都想看热闹，催促中年汉子变烤红薯。其中有个小伙子冷嘲热讽道，说："你不是会变嘛，赶快变啊！你要能变出烤红薯来，我给你一百块钱！"

"这个……这个……"中年汉子张嘴结舌，真急了。

"谁说叔叔变不出来？叔叔变的烤红薯在我的兜里呢。"丫蛋说罢，把两只烤红薯从兜里掏出来，趁着中年汉子愣怔的时候，放到他手里咯咯笑着转身跑了。

呵呵，这个孩子！拿着热乎乎的烤红薯，中年汉子的眼睛湿润了。

此后，丫蛋和中年汉子就成了非常要好的朋友。中年汉子经常给丫蛋变出书包、变形金刚、作业本等学习用具和玩具来。丫蛋呢，也常给中年汉子带一些好吃的，如葱花油馍、豆腐包子、三鲜饺子，更多的则是烤红薯。

大约一年后，有一天，丫蛋忽然对中年汉子说："叔叔，你给我变出一个爸爸来好吗？别人都有爸爸，就我没爸爸。"丫蛋说罢，显得很无奈、很无助。

中年汉子拉过丫蛋的手，苦笑着说："丫蛋，这个叔叔真做不到。"

"叔叔撒谎，妈妈说叔叔能给我变出一个爸爸来。"丫蛋天真地说道。

"你妈妈？"中年汉子心里一动，似乎明白了什么。

"那不是，妈妈来了。"丫蛋叫道。

中年汉子抬眼一看，看到一个拄着单拐的女人一步一步朝他走来，女人的脖子上围着一条鲜艳的红围巾。中年汉子迟疑了一下，转动轮椅迎上前去……

后来，丫蛋就改口叫中年汉子"爸爸"了。

山里人

周末，我和几个朋友驱车赶往靠山屯。靠山屯有一家农家乐，有不少好菜。

随同去的老孟，是个盖房子的，尊称房地产商，这天是他请客。刚坐下，老孟就对老板二狗豪气十足地说："先来盘海参。"

二狗看看这个，看看那个，为难地说："老板，小店没有这个。"

老孟眼也不瞄二狗，"啪"的一声甩出鼓囊囊的钱包："不差钱，上。"

二狗忙掏出烟来给我们散烟："老板，这个真没有。不信您问侯老板。"

"行了老孟……来，土鸡一只……"二狗拿我当救星，我不能不出面。我知道老孟这人，在有些人面前当孙子，来这里尝尝当大爷的滋味，找找平衡。

二狗这儿有个规矩，点菜后先交钱再上菜。就这个问题我曾咨询过二狗，二狗解释说，怕客人喝多了，算账时迷糊，误以为多收他们钱了，到时掰扯不清。这倒也是，城里的酒店就有类似的情况，趁着客人喝高，最后算账时猛宰，若是遇到警醒的客人，营业员轻飘飘一句“算错了”就给打发了。

我点完菜，二狗一算账，四百八。老孟从钱夹里捻出四张老人头。二狗死活不愿意，说：“俺是实诚人，饭菜也是实价格，没法优惠。”

老孟又抽了一张五十的。二狗还是不愿意。

我见识过二狗的较真，劝老孟：“人家也不容易，你也不差这一星半点的，给了吧。”

老孟没说话，又掏出一张十元的。

“还差二十。”二狗伸着手，很执着，“都是有本钱的，俺不能干赔本买卖。”

我看不过去，刚要掏钱，老孟见状，忙掏出一张五十的甩给二狗：“不用找了。”

二狗也不说话，又找回老孟三十元。

“太抠了，以后打死我也不来了。”老孟黑着脸。

菜一道道上来了。味道嘛，也确实不错。气氛在酒精的滋润下活跃起来，老孟的脸色慢慢变得红润了。这就好，吃饭嘛，要的就是心情。

这当口来了一个十岁左右的男孩，高声叫道：“一碗鸽子面。”二狗笑眯眯地应答着，收下了男孩递过去的一张红色的钱币。

面条还没做成，男孩到门外边耍去了。我忍不住提醒二狗：“老板，你可看清楚了，他给你的可是冥币！”

“我知道。”二狗说罢，就把团在手里的冥币撕了。

“难道男孩的父亲是个地头蛇，惹不起？”我有点儿糊涂地看着二狗。

二狗淡淡一笑：“孩子得过脑膜炎，脑子不大灵，经常把冥币当钱使。”

老孟附和道：“都是有本钱的，咋说也不能干赔本买卖啊。”听口气，完全是在嘲讽二狗。

“他也只是买碗面，没啥。”二狗不以为然。

我由衷地说：“你这么好心，孩子真幸运。”

二狗说：“不只是我，村里凡是开店铺的都这样对他。”

这时，服务员刚好端菜过来，她说：“这个孩子是村主任的。”

原来如此！我恍然大悟。

老孟放下酒杯，冷冷一笑，说：“谁说山里人老实？也会拍马屁嘛。”

二狗真是傻，居然没有听出老孟的冷嘲热讽，说：“别说吃碗面条，吃俺身上的肉俺都舍得。”

想想也是的，谁让人家的爸爸是村主任呢？二狗毕竟还受村主任的领导嘛，七事八事的都要仰仗人家，宅基地啦，粮食补贴啦，多了去。这么一想，我也就释然了，忙给老孟碰杯，意思是不让他再嘲弄二狗。这年头，谁容易？！

“我明白了，村主任在这里挂着账……行，狗老板会做生意。”老孟一副豁然明白的样子。

“肯定这样。”在座的一个朋友同意老孟的说法。

难道他们说的是事实？我眨巴着眼盯着二狗。如果真是如他们所说，错也不在二狗。

二狗没接我们的话茬儿，叹口气，说：“去年秋天的一个晚上，下起大暴雨，村主任进山巡视，发现刘大爷的屋子裂缝了，忙把刘大爷背出屋子。刘大爷说他的收音机还在屋里。刘大爷孤寡一人，收音机可是他宝贝。村主任就放下刘大爷，刚返回屋子，轰隆一声，屋子塌了。等到把村主任刨出来，已经成了肉饼……刘大爷在屋前跪了整整一天。”

我们几个人一下子都沉默了。

临走时，老孟不声不响放到吧台上五张老人头。

“老板，已经算过账了，您是不是喝多了？”二狗不知如何是好。

“这个，那个，那孩子想吃啥你就做啥……”老孟头也不回，走出了农家乐。

半个月后，接到老孟的电话，邀我一起去靠山屯。我说：“嘴又馋了？”老孟说：“那个农家乐还真有点儿味道。”

到周庄看妈妈

燕子上高中那年，大卫带上丽娟去周庄旅游了。半个月后，大卫独自一人回来了。他告诉燕子，说妈妈在周庄找了一份工作，不回来了。

“周庄？这么远啊。”燕子噘着嘴，嘟嘟囔囔的，很不乐意。

大卫说：“因为你妈妈喜欢周庄，喜欢周庄的小桥，喜欢周庄的河水，喜欢周庄的夜晚……”忽然间，大卫哽咽着说不下去了。

燕子察觉到了大卫的异样：“爸爸，你怎么哭啦？是不是妈妈抛弃我们了？”

大卫强颜欢笑：“瞎说！你妈妈离咱这么远，我能高兴得起来吗？她这一走，我得做饭，得洗衣，得照顾你啊傻瓜。”

“那就让妈妈回来，我现在就给她打电话。”燕子拿出手机拨打妈妈的电话。妈妈没有接电话，随后发了一条短信过来：燕子，我正在工作，一是不方便接电话，二是长途电话很贵的，以后有事发短信好吗？要学会节省，你爸爸赚钱不容易。你要听爸爸的话，好好学习。

燕子回了短信：妈妈，我会听爸爸的话的。你在那边干什么工作？累不累？

妈妈的短信：我的工作不累，在周庄的水里撑船，让那些游客欣赏周庄的美景。

燕子知道妈妈很早就向往周庄，这下如她所愿了。燕子给妈妈发了短信：这工作太好了。妈妈，你什么时间回来啊？

妈妈的短信：燕子，你要好好学习，等你考上大学后，再来周庄看我好吗？三年时间，很快的。

燕子怔了一下，然后回复了短信：妈妈，我一定能考上大学，一定去周庄看您！

到了学校后，燕子把心思都放在了学习上，成绩在班上一直名列前茅。到了周末休息的时候，才用短信给妈妈汇报一周来的学习和生活情况。

妈妈也没少给燕子发短信。短信里，除了表扬，还有鼓励，要她多吃蔬菜、水果，晚上早点儿休息，别惹爸爸生气，等等。

深秋的时候，燕子收到妈妈寄来的一件手工编织的毛衣。

到了冬天，燕子收到妈妈寄来的一件蚕丝被。

春去春来，花开花谢。

三年后，燕子很顺利地考上了大学。

接到大学录取通知书那天，燕子缠住大卫要去周庄。

大卫知道燕子的心思，答应了。

到了周庄，天色将晚，燕子一下子被周庄的景色给迷住了：小巧玲珑的周庄，桥街相连，依河筑屋，河边垂柳依依，脚边是静静流淌的河水，偶尔有小船悠悠划过……

“这才是小桥流水人家！”燕子禁不住叫道，她忽然发现爸爸望着河水，一脸凝重，像是有满腹的心思，“爸爸，你怎么啦？是不是想妈妈了？”

“你妈妈……”大卫支支吾吾没有说下去。

燕子嫣然一笑，说：“爸爸，妈妈已经给我回短信了，她在双桥下的船上等我们。”

“这……”大卫迟疑了一下。

“别磨磨蹭蹭的，走吧。”燕子不由分说，挽起大卫的胳膊就往双桥那儿走去。

夜色徐徐降临。喧闹了一天的周庄渐渐地恢复了宁静和安谧。临街屋檐下红灯笼闪闪烁烁地亮起来。随着灯笼的晃动，那些灯光也随之摇曳。河水是幽幽的，微波荡漾，泛着点点光亮，不知深与浅，不辨清与浊，不晓冷与暖，一切都是影影绰绰，朦朦胧胧的，给人以神秘之感。垂柳下弯出一只小篷船，没有一丝声响，没有一星光亮，悄然向前划动。到了前方不远处，船上的灯蓦然亮起，平添几分夜的神韵。有江南丝竹声和苏州评弹的琵琶叮咚声从沿河人家的窗户里飘出，不由得使人为之陶醉，恍惚间似乎到了“雾失楼台，月迷津渡”的意境之中。

双桥到了。桥洞里镶嵌着数盏彩灯，灯光映入河面，把两座千年古桥的倒影齐刷刷地映在河面上。岸边垂柳的阴影下停靠着一只小小的古船，船上站着一个女人，看不清她的脸庞。

大卫放慢了脚步。

燕子丢下爸爸，跳上了船：“您就是菁菁阿姨吧？谢谢您！”说罢给那个女人深深地鞠了一躬。

燕子的举动把大卫和那个女人给搞糊涂了，他们异口同声地叫道：“燕子——”

燕子笑了笑，说：“菁菁阿姨，一年前，我偶然看到了爸爸的日记，知道三年前妈妈得了绝症，爸爸带她来周庄游玩。想不到，在周庄妈妈病情突然恶化，再也没抢救过来……爸爸觉得天塌地陷，连死的心思都有了。菁菁阿姨，是您开导爸爸，是您保存了妈妈的手机……”说到这里，燕子已经泣不成声了。

那个女人，不，菁菁上前把燕子抱在了怀里。

大卫长长叹了口气，好像一下子轻松了许多。

燕子忽然扬起头，动情地说：“菁菁阿姨，我可以叫您妈妈吗？爸爸的日记里，除了思念妈妈，还有就是经常念叨您。”

菁菁侧脸看着大卫。

大卫使劲点了点头。

燕子再去看菁菁。菁菁抿嘴一笑，也点了点头。

大卫跳上船，与她们两个紧紧拥抱在一起。

古桥，小船，河水，灯笼，垂柳，三人拥抱的剪影，组成了一幅绝妙的图画。

捡来的家

老高并不老，只有三十出头，他不修边幅，冷不丁一看，像是四五十岁的人，因此人们都叫他老高。老高是从农村来的。他是个孤儿，三十多才娶了个寡妇，寡妇去的时候还带着一个十岁的女儿。老高老实，除了种庄稼，不会挣钱，结婚不到两年，老婆就带上女儿远走高飞了。老高一气之下来到城里，在郊区那儿租了一间房子，背起蛇皮袋，捡起了破烂儿。后来有了积蓄，便鸟枪换炮，弄了辆人力车收购废品。

老高实在，不会缺斤少两，价格也公平，这样一来，特别是那些老头老太太，都会把家里的破烂儿留给老高，或者说专门等着他去收购。有了固定的客户和货源，老高每年也能赚个三四万，不比普通上班族少。

这样捣鼓了几年，老高在郊区买了一套二手房，顶层，老房子，家里有现成的家具，他简单打扫了一下就住了进去。

有一天，老高捡到一个三个月大的弃婴，男孩。当时围观的有不少人，议论纷纷的。老高从人们的言谈中得知，这个婴儿是个兔唇。亲生父母都不要，谁还要？听着婴儿嘶哑的哭声，老高二话没说，就把这个婴儿抱走了。

这下子，够老高忙活了，一会儿给儿子换尿片，一会儿给儿子喂奶粉……过了半个月吧，老高就在人力车上用旧棉被弄了个窝，藏上儿子，挨街穿巷地收购废品。

张大嫂是和平小区的保洁工，丈夫出车祸走了，儿子在外上学，现在也是孤身一人。也许是同病相怜，她关心老高多一些，说是关心，无非是把丈夫之前的衣服送给老高，有时聊几句闲话而已。就这样，老高已经感激不尽了。她问老高："你不知道这孩子有缺陷？"老高说："好歹是一条命啊。"张大嫂叹口气说："你这是图啥哩？"老高吭哧半天，才蹦出一句，说："家里边有了哭闹声，有了孩子的屎尿味，才像个家的样子。"

和平小区门口有个垃圾箱，老高赶到的时候，总能在垃圾箱外边捡一些小孩子衣服、玩具，还有学步车。刚开始，老高以为是小区的居民丢弃的。时间长了，老高才明白是张大嫂故意丢给他的，有的衣服还没拆封，新崭崭的，看样子是张大嫂买的。老高要给钱，张大嫂不要，说："这是破烂儿，又不是我的东西，你给啥子钱？"老高想不出反驳的话，只是嘿嘿地傻笑。看到老高这个样子，张大嫂转过身，抿着嘴乐了。

别看老高没文化，却给这个孩子起了个很有文化的名字——高兴。

高兴两三岁时，老高就把他丢在家里，让他自己玩去。高兴知道爸爸是个捡破烂儿的，家里的好多东西是爸爸捡来的，电视机，冰箱，玩具手枪，身上穿的衣服，好多啦。有一次，儿子问老高："爸爸，垃圾箱里什么东西都有啊？"老高点了点头："可不是哩，你也是我从垃圾堆里捡来的。"

这天傍晚，老高打开屋门，不像往常那样，儿子一边叫着一边扑到自己身上，他挨个屋子看了看，才发现儿子没在家。

自己又不是大款，被人绑架的可能性不大，肯定是儿子自个儿跑出去玩了。往常，也有过类似的情况。不过，儿子都是在楼道口玩耍，不会走远的。

老高急匆匆跑到楼下，在门口转了几个来回，没有见到儿子。一时间，老高急出了满头的汗。就在他一筹莫展的时候，接到了张大嫂的电话，说高兴在她那儿。

老高松了口气。随后，他破天荒打的赶到了和平小区。

张大嫂说，她准备下班时，在垃圾箱那儿见到了高兴。

老高气呼呼地瞪着儿子："你来这里干啥？"

高兴看着爸爸的样子，咧了一下嘴，哭出声来。

"你看你！"张大嫂不满地白了老高一眼，然后给高兴擦拭眼泪，"孩子，别哭，别哭。"

高兴忍住哭声，但嘴还是一撇一撇的，挺委屈的样子。

张大嫂揽过高兴，别过脸："你知道吗，高兴他……他想捡个妈妈。"

老高一下子愣住了，心里满满的，眼里差点儿落下泪来："真是个傻孩子。"

高兴说："爸，姨姨说，只要您愿意，她就到咱家来。"

老高心里扑通直跳，有点儿不知所措了。他偷偷看了一眼张大嫂，忽然间发现，路灯下，张大嫂的脸蛋是那样的红润、那样的美丽。

转换角色

二娃是上一档烩面馆的小伙计。不像正规的酒店，即使小伙计这个角色，也分前厅、后厨，前厅又分传菜的、迎宾的，后厨又分择菜的、洗涮的，多了去，二娃没有具体的工作，却不轻松，有什么活儿干什么活儿，端盘子、抹桌子、扫地、擦玻璃，有时间还要起五更陪着老板去买菜。老板太抠门，大厨也不聘用，自己掌勺，服务员就聘用了两个人，除了二娃外，还有一个女孩子，山桃，她负责择菜，刷碗筷，吃饭时辰，还要站在门口招呼人。虽然忙一些，老板给的工资不低，管吃管住，每月两千元，这在同行业中已经是不低的了，有的酒店也只给一千多一点儿呢。当然，这里是说钱不见钱，老板承诺年底一块给。

明天就是腊月二十三了，老板承诺开工资，放假，回家过年去。二娃盘算着自己能开多少钱，回家给爹捎个帽子，给娘选件羽绒服，给小妹买个手机……结果一晚上也没睡踏实，老是在做梦，一会儿梦见自己在超市挑选东西，一会儿梦见自己坐在火车上，一会儿梦见自己到老家了。等到醒来，已经是第二天早上八点。他慌忙爬起来，脸也顾不得洗，就噔噔噔下楼了。面馆在一层，他住在楼上。结果大门没开，老板还没来！若搁往常，老板七点左右就到了。二娃忙打开门，发现山桃瑟缩着膀子站在门外面，山桃在另外一个地方，和一帮女孩子住在一起。

两个人收拾罢店里的卫生，已经是九点钟了，老板还没来。怎么回事啊？二娃感到什么地方不对劲，打老板的电话，被告知对方手机已经关机。

正在二娃茫然无措的时候，陆陆续续来了几个人，都是找老板的，一个是房东，说是要房租，一年的房租四万八，老板一分钱也没给；一个是杀猪的，是来要账的，说老板用了他大半年的肉，欠了五万多；一个是菜农，也是来要账的……原来老板承诺今天兑付，所以他们才来了。

到了十一点，老板还没露面，电话还是关机。直到这时，那几个讨账的感觉受骗了，对着二娃和山桃骂骂咧咧的，好像他们是冤的头、债的主。二娃和山桃不敢反驳，也不知道如何反驳，任凭他们的唾沫飞到脸上。

几个债主知道两个服务员也是受害者，欺负他们也没啥意思，便自认倒霉，就又骂骂咧咧地走了。

山桃松了口气，怯怯地说："二娃，咱也走吧？"

二娃点点头，转而摇摇头，说："连回家的路费都没有，咋走啊？"

山桃说："我……我也没有路费……我身上只有十几块钱。"

二娃说："你回家一趟得多少钱？"

山桃说："汽车、火车、三轮车，得一千六百块。"

"咱两个差不多。"二娃说，"唉，这冰箱里还有肉，还有青菜，咱把路费挣出来再走吧？"

山桃迟疑了一下，说："你会做烩面？"

二娃说："没有吃过猪肉还没见过猪走路？把生的做成熟的就中，来咱这小店的，身份跟咱差不多，不是啥讲究人，即使有些差池，也不会找麻烦的。"

"你真有把握？"山桃扑闪着眼睛。

"想着是给咱的家人做饭吃哩，能错到哪里去？"二娃蛮有信心地说。

"中！"山桃的两只眼睛越来越亮。

说干就干，二娃把火打开，一边烧水，一边去切肉；山桃择葱、剥蒜……当把第一碗烩面端给一个中年汉子时，说实话，二娃的心里还没底，忙让山桃把醋、辣椒、盐拿过去，说："大哥，您看看合您口味不，需要啥您自己添加。"

中年汉子吸溜了一口，头也不抬，说："中，中，中。"

二娃和山桃相视一笑，信心大增。接下来，越发操心。还好，一碗接一碗，没有一个顾客说孬的。

忙到天黑，两人算了算账，挣了六百块。

“照这个数目，咱再干六天就能把两个人的路费挣出来。”二娃掰着手指头说。

第二天早上，二娃去市场上进菜；山桃在店里忙活。九点钟，饭店准时开门营业。

这一天，两个人赚了七百块。

……

到了腊月二十八，二娃和山桃已经赚了六千块钱。二娃说：“山桃，咱回家是不可能了，车票估计买不到了。咱不如不回家，继续干下去，然后把账一撮儿一撮儿还清再作打算，你看如何？”

“中！听你的。”山桃说。

就这样，二娃和山桃干了多半年，终于还清了前任老板所有的欠款。

由于两个人用心经营，口碑传了出去，饭店的生意越来越好，要关门已是不可能了，两个人也舍不得关门，于是打出广告，招聘三个小伙计，把生意往红火处弄。

报名者蜂拥而至，当其中一名站在二娃面前时，他愣住了——这个人是年前逃跑的老板！

二娃不计前嫌，收留了老板。

没过多久，饭馆的名字由上一档烩面馆改为小夫妻烩面馆。怎么回事？您自个儿琢磨去吧。

朋友圈

朋友们真够意思，我每发一条朋友圈或是转发一条朋友圈，点赞的不计其数，评论的大有人在。嘘寒问暖，关怀备至，似乎甘愿为我赴汤蹈火、两肋插刀，上刀山下火海也在所不辞，好像我要天上的星星，他们都不敢去摘月亮；我若是要本·拉登的脑袋，耳朵拿来都不管用。

每天早上，我睁开眼睛打开手机，问好的微信是一条接一条："早上好！我的亲哥！""昨晚又做了好梦吧？愿你美梦成真！"……每到节假日，祝福语更是铺天盖地，热火朝天，弄得我眼花缭乱，无暇顾及，看都看不过来：一会儿一杯茶水，一会儿一杯咖啡，一会儿一朵玫瑰，一会儿一块西瓜，当然啦，红红的嘴唇也是少不了的，虽然都是虚拟的，画饼不能充饥，但还是常常感动得我泪流满面、哽咽难语。后来，有微信红包了，朋友们也没少出血，该出手时就出手，尽管都是一分两分的钢镚儿，我还是很知足的，中国有句老话不是叫"礼轻情意重"吗？不是还有句话叫作"窥一斑可见全豹"吗？也不是指望微信红包过日子的，有那份心意我就很知足了。

微信真好！朋友圈真好！

我这人有点儿小气，主要还是钱包老是瘪着，想大方也大方不起来。有头发谁会装秃子，是不是？人生就像舞台，不到谢幕，你永远不知道有多精彩。这话真精辟！双十一到了，担心有朋友跟我借钱。这年头，不能谈钱，谈钱就伤感情。借吧，就那仨瓜俩枣，借出去时是爷收回来时成了孙子；不借吧，把人得罪了。于是先下手为强，发了一条朋友圈：最近手头有点儿紧，哪个能帮帮忙？

我相信，这一条朋友圈发出去，红包会一个接一个，账号上的钱也会不断递增。您知道，我的初衷不是钱。所以，我决定，红包拒收！我的目的很明确，就是防止他们张口借钱。

往常，我的手机会不断发出微信的提示音，嘟嘟嘟，嘟嘟嘟，像蛐蛐叫，好听极了。今天倒好，哑巴了似的，一点儿声音也没有。我不断地翻看手机，什么也没有，没有人点赞，没有人评论。难道是他们没看到？我便不停地刷朋友圈，给他们点赞，偶尔也评论几句，为的是引起他们的关注。

一秒钟过去了，一分钟过去了，一个小时过去了，一个上午过去了……我眼巴巴地等了一天，等到晚上十二点，还是没有一个人点赞，没有人评论。当然，微信红包是一个也没有，转账汇款的信息也是一条也没有。

手机出问题了？我的旧手机还在，功能还都齐全，我慌忙换上卡试了试，外甥给舅提灯笼——照旧（舅），便关灯睡觉了。手机静悄悄的，一点儿声音都没有。晚上，我失眠了，从一只羊数到了九万九千九百九十九只羊也没睡着。

记得一个笔名山歌的作家说过，一个诚实的敌人并不可怕，可怕的是一个虚伪的朋友。他还说过，有时候美好的表面下，隐藏的却是丑陋和险恶。他的话不敢去想，想起来都可怕。这年头，不能谈钱，谈钱真的就伤感情。

第二天早上，忽然收到一笔两千元的转款信息。我定睛细看，不错，是两千元。谢天谢地！阿弥陀佛！我悬着的心终于放进了肚里，毕竟还是有真心实意的朋友的嘛！谁说的这年头不能谈钱，谈钱就伤感情？全都是放屁！

话题还得绕回来，谁给转的款呢？“花心大萝卜”？“没有人比我更爱你”?“我是真心对你好的人”?“想你想到骨头里”?“你是我的心肝肝”？……我思来想去，都像，又都不像。

这时，忽然一个叫“祝你平安”的人发来一条微信：给你转了两千，不够了再联系。

“祝你平安”是谁啊？我翻开聊天信息，却没有一条与他（她）聊天的内容。说实话，“祝你平安”是男是女不知道，是罗锅还是鸡胸不清楚，更别说其他信息了。

我没办法，只好打出一行字：您好，幸福上班没有带手机，我是他老婆，请问您是谁啊？

幸福是我的小名。

“祝你平安”：傻孩子，我是幸福他妈。

我半天没有回复一个字，眼泪哗哗的，抱着手机呜呜哭起来。

游子吟

“慈母手中线，游子身上衣。临行密密缝，意恐迟迟归。谁言寸草心，报得三春晖。”儿子韦大摇头晃脑地朗读着孟郊的《游子吟》。韦伟心中一动，想起了乡下的母亲，有半个月没有回去看望她老人家了，当即决定回老家一趟。听说可以不学习了，韦大欢呼着跳起来。

到超市采购了一兜水果，他们就开车上路了。车上，妻子凌华不忘辅导儿子，说：“韦大，知道《游子吟》什么意思吗？”韦大从窗外收回目光，摇了摇头。“游子吟，这是一首母爱的赞歌。就是说慈祥的母亲手里把着针线……”凌华一张嘴就卡壳了。她没有做过针线活，也不会做针线活，怎么去讲这首古诗呢？

果然，韦大天真地问道：“妈妈，什么是针线啊？”

"儿子，回到老家我给你讲啊。"韦伟开着车，不容分心。

看到韦伟一家子回来了，母亲既感到意外又感到高兴。

韦大给奶奶打了声招呼，就跟村里的一帮野小子疯去了。

说了一阵子话，母亲系上围裙，忙着和面擀面条。凌华微微皱了一下眉头："妈，晚上也吃面条啊？"婆婆迟疑了一下，说："起脚饺子落脚面，是咱这儿的风俗。"韦伟接上话茬儿给凌华解释道："家里有人外出或者欢送客人，要请上路的人吃饺子，这叫'起脚饺子'，说是饺子的样子像古时的银锞子和元宝，希望他（她）出门发财；家人远归或者有客登门，接风的饭必定是面条，这叫'落脚面'，传说面条像绳索，绊住来客的马腿，要他多住几天，表示亲热。"

怪不得每次回来都是吃面条，回城时都是吃饺子，原来有这么多讲究，凌华心里感慨着，忙露了笑脸，挽起袖子去帮婆婆做饭。

晚上吃罢饭，母亲坚持自己收拾家务，说还要给韦大洗一洗裤子。韦大出去疯了一下午，裤子弄得脏兮兮的。韦伟知道拗不过母亲，就去休息了。

临睡前，韦伟就给韦大讲他小时候的事：

有一天下午放学，他跟村里的几个孩子在路上玩耍。一会儿下河摸螃蟹，一会儿上树逮知了，一会儿山上捉迷藏，一会儿沟里丢手绢……听到大人们的呼喊，他们才发觉天已经黑了。回到家里，他才发现自己的裤子上磨破了好几个洞。第二天咋去上学呢？他就这一条裤子。不到过年，家人不会给买新的。母亲也没有责怪他，叹了口气说："这条裤子已经穿了好长时间，早晚要破的……你赶紧吃了饭睡觉，我给你缝。"吃了饭，他就上床睡了。母亲坐在煤油灯下，就着昏暗的灯光，一针一线地缝起来。他半夜起来上厕所时，看到母亲还在煤油灯下佝偻着腰，仔细地缝着……听到父亲吆喝母亲起来做饭，他才睁开眼，看到趴在桌子瞌睡的母亲醒过来。母亲把裤子撂给他，他发现裤子上的几个洞已经被密密麻麻的针脚缝好了。当时，他咧开嘴巴笑了。要不然，穿个破裤子，小伙伴们还不叫他"叫花子"啊？

讲到这里，韦伟自己也被感动了，鼻子里酸酸的，眼角潮潮的。他转脸去看儿子，发现儿子不知道什么时候睡着了。

第二天早上，韦大起床穿衣服时，发觉裤子跟往常不一样，"哇"的一声哭起来，伤心又委屈。

母亲揉了揉红肿的眼睛，尴尬万分地说："嗨，奶奶不中用了，眼花了，多年不拿针了，缝得不好……乖乖，别哭！乖乖，别哭！"

原来，母亲连夜把韦大裤子的几个窟窿全都给缝好了！

韦伟和凌华知道事情原委，哭笑不得。

韦伟给母亲解释："妈，现在城里流行这种有破洞的衣服，叫作'乞丐服'。裤子买来时，韦大嫌裤子的颜色新，洞不大，凌华找来砂布打磨了好几个晚上呢。"

“以为你们日子过得艰难，回家拿钱呢……”母亲从口袋里摩挲出一团零碎的票子，不好意思地说。

看来，要让韦大理解《游子吟》的内涵是很难了。韦伟叹了口气。

警匪游戏

春节期间，小童一家人玩“警匪游戏”（又称“杀人游戏”）。“警匪游戏”是一种适合多人玩的益智类游戏，有多种版本的玩法。小童和妹妹还小，他们玩的是那种简单易学的“天黑请闭眼”，算是初级版吧。

就是几个人围坐在一起，一个人做法官主持游戏，然后通过抽扑克牌或者其他什么决定，一般情况下，是两人做杀手，两人做警察，其他的为良民。每个人根据手里的道具只知道自己的角色，并不知晓其他人的角色。然后法官说“天黑了，请大家闭上眼睛睡觉”，等到大家都闭上眼睛，法官令杀手睁开眼睛杀一个人，再让杀手闭上眼睛。接下来，法官命令警察睁开眼睛，怀疑谁是杀手，法官可以给一次暗示（点头表示正确，摇头意味错误），之后再命令警察闭眼。接着，法官说“天亮了，请大家睁开眼睛”，大家都睁开眼睛后，法官宣布昨晚谁被杀了，被杀的人发表遗言（怀疑谁是杀手）后便退出游戏，其余人等开始讨论谁是杀手，经过一番公决后选出一人，法官将嫌疑人处决——无论最后证实他是良民或者杀手。新的夜晚来到，凶手又出来杀人，然后警察确认身份，然后又都在新一天醒来，继续讨论和杀掉新的被怀疑对象。如此往复，凶手杀掉全部的警察即可获胜，或杀掉所有的良民亦可获胜；反之，警察和良民抓出凶手即为胜利。

小童一家六口人，爷爷、奶奶、爸爸、妈妈、妹妹和自己，这天表哥也在，一共七个人参与“警匪游戏”。表哥担任“法官”。由于人数少，警察、杀手和良民各设置两个。他们玩的是纸牌，规定抽到 K 的为杀手，王为警察，普通牌为良民。

有一局，小童和妹妹抽到了 K，就是说他们两个是“杀手”。第一轮挑选目标时，小童眨巴着眼睛，看看这个，瞧瞧那个，最后指了指自己，妹妹比小童小一岁，啥事都听哥哥的，这次也不例外，就把哥哥“杀”了。

睁开眼睛后，得知杀手把自己解决了，大家都哄堂大笑，笑小童真是个孩子，不会玩。小童才八岁，刚上小学二年级。

表哥说：“小童，杀手就是杀别人的，你怎么把自己‘杀’了？”

小童没有笑，眨巴着眼睛，说：“他们都是我的亲人，我不忍心‘杀’。”

表哥捋了一下小童的头，说：“傻孩子，这是游戏，又不是真杀。”

还有一局，小童被“杀”了，让他指认“杀手”时，他竟指着表哥，言之凿凿地说：“是你‘杀’了我。”

表哥哭笑不得，说：“我是‘法官’，不是‘杀手’啊，‘杀手’在他们中间。”说罢指了指周围几个人。

小童摇了摇头，说：“他们都是我的亲人，怎么可能‘杀’我呢？”

就这样，因为小童的天真，失去了游戏的快乐和趣味，他们玩了几局后便不玩了。

不过，游戏之后，小童的爸爸妈妈心里触动比较大，私下商量说：“小童这孩子太善良了，咱们一定多挣钱，让孩子生活得幸福一些、快乐一些。”过罢年，两个人就坐上南下的火车，加入了打工的队伍。

等到爸爸妈妈从南方回来，已经是六年之后，小童都已经上初中了。

早上吃罢饺子，表哥也过来了，在他的提议下，又开始玩“警匪游戏”。跟上次一样，表哥担任“法官”。

第一局，小童和妹妹抽到了 K，挑选目标时，小童和妹妹不约而同地把手指向了爸爸。

其实爸爸这一轮是“警察”身份，结果一上来就被“杀”了，退出游戏。另一个“警察”是奶奶，她怀疑“杀手”是小童的妈妈，没有理由，只是感觉。奶奶的怀疑得到“法官”的否定，但小童的妈妈最后还是高票“当选”“杀手”。在接下来的陈述中，小童和妹妹虽说不出什么理由，却一致认定“杀手”就是妈妈；爷爷呢，不知道怎么回事，也跟风判定小童的妈妈是“杀手”。小童的妈妈有口难辩，感到冤枉死了，因为她是大大的“良民”。这样一来，法官不得不根据众人的意愿把小童的妈妈“处决”了。

游戏结束后，表哥随口对小童和妹妹说：“你们这对白眼儿狼，过年爸妈给你们买了那么多好吃的好玩的，为啥要‘杀’死他们呢？”

小童看了看爸爸，又看了看妈妈，迟疑了一下，然后嗫嚅道：“他们回来那天，我几乎都没认出来……这些年他们去哪儿了？我和妹妹恨死他们了！”

小童的妹妹没有说话，但，用力点了点头。

过罢年，小童的爸爸和妈妈没有外出打工。

回　家

她发现那个男人还是不远不近地跟着自己。她已经拿起砖头吓唬他几次了，有一次还砸在了他身上，他却固执地跟踪着她。他要干什么？她害怕了，这深更半夜的，街上行人和车辆已经很少了，他要对自己图谋不轨怎么办？

她快速穿过马路，回转身对着马路另一边的他叫道："我身上没有一分钱，别跟着我了。"说着还翻起口袋让他看了看。

"燕子，跟我回家吧。"他大声说道，紧走了两步，试图穿过马路。可是，红绿灯又让他停了下来。

真是神经病！现在是冬天，哪有什么燕子？趁着他等红绿灯的时间，她忙转身跑了。

"燕子！燕子！"他在后边扯着嗓子叫道。

自己跑的样子像燕子？这个傻子。她跑进了一条小胡同。

冷不丁，她的前面幽灵般出现三个男人：一个戴着墨镜，一个口罩捂着脸，一个脸上勒着条黑色的围巾，排成一字状挡了她的去路。三个人一个个歪斜着身子，站不稳似的抖动着身体。

“口罩男人”嘻嘻一笑：“大哥，这个娘儿们还有些姿色。”

“围巾男人”歪了歪头：“干？”

“墨镜男人”甩了下手：“干！”

三个人呈包抄状围了过来。她这才明白，原来他跟他们是一伙的！她没有办法，只有停了下来，瑟缩着膀子，不知道是寒冷还是因为害怕，也可能二者兼而有之。

很快，三个男人已经围到了跟前，似乎已经贴着身体了，她都能听到他们的呼吸，浓重的呼吸中一股酒味。“口罩男人”上前抓住她的胳膊。他的手劲很大，她已经感到了疼。“墨镜男人”摘下手套，去抚摸她的脸。她躲避了一下，下意识地“啊”了一声。

“住手！”她只听到一声怒吼。没等明白过来，身边已经乱成了一团，他跟他们搅和在了一起。

真是神经病，你一个人能打得过三个人？她趁机躲在了一边，松了口气。

他像一头暴怒的狮子，挥舞着拳脚乱打乱踢，很没有章法。一拳难敌四脚，何况“围巾男人”手里拿着尖刀。他终于被打倒在地。

远处传来110的声音。三个男人匆匆逃离了。

他躺在地上痛苦地呻吟着。

她不知所措。

警察赶到了。他的胳膊被划了一刀，先是到医院包扎了一下，然后被带到了派出所。

她对他的情况一问三不知。警察以为他是个英雄，当她说到他一直跟踪她，明白了，他是玩“英雄救美”，想获得这个女人的好感。

他大呼冤枉，说她是他的妻子，有病，一直跟着她，怕她走丢，怕她被人欺负。

她急忙对警察说：“我不认识他，我不认识他。”

神经病！警察笑了，不再听他的解释，就先把她放走了。等把他的身份信息登记备案后，也把他放走了。一个带伤的神经病，留着也是累赘。

她想回家，家在哪里？正当她努力回忆的时候，她忽地感到身上一暖——一件棉袄披在了她的身上。

是他！他站在她身后。

她心里一软：“你……你为啥要这样对我？我真的不认识你。”

他一脸焦急地说：“燕子，我是大伟啊，你不认得我了？”

她摇摇头。她也相信了警察的话，他真的是个神经病。此刻，她有点儿同情他，或者说是可怜他了。

她说：“你家在哪里？我送你回家吧。”

“你真的愿意送我回家？”他惊讶地看着他。

她点了点头。

他孩子般咧着嘴笑了。路上，他跟她讲了他妻子的故事：他的妻子叫燕子，遭遇车祸，间歇性失忆，他就一直跟在她后面保护她，怕她回家认不得路。

唉，遇到一个神经病真的没办法。她还是耐心解释道："我真的不是燕子，如果我见到燕子，我会告诉你的。对了，我还不认识燕子呢。"

他说："燕子跟你一样，大大的眼睛……"

她明白，他把她当成燕子了。这个男人真可怜！她心里叹了口气。

不知道走了几条街道，拐了多少胡同，终于来到了他的家。他打开家门，拉亮灯。她却还站在门口没有动，瞪大眼睛看着室内的一切，一副吃惊的样子。

他说："进来啦，外面挺冷的。"

她一下子泪如雨下："我想起来了，想起来了……大伟，这是梦吗？我真的回家了吗？"

"燕子，别哭，这不是到家了吗？乖，别哭，别哭。"他把她揽在怀里，一边流着泪一边轻轻拍着她的肩膀。

守　礁

那一天，阿亮回家探亲时把我带上了小岛。呵呵，蔚蓝色的大海，一望无际，真是浪漫极啦。

小岛很小，还没有家门口的健身公园大。每天我随阿亮溜达几圈外，自己也要单独跑几圈，不是撒尿，是没事干，找乐趣。可是，没有乐趣。没有猫可以逗，没有鸡可以撵，找不到第二条狗狗玩耍。花花没有来，她要跟我一起来就好了。花花是我的女朋友。我吃惊地发现，这个岛除了我和阿亮，再没有其他活的东西，猪没有，鸭没有，鸡没有，不对，有鸡，是半月来一趟的给养船给阿亮送来的一只烧鸡。也没有楼房，没有汽车，没有老人，没有女人，没有小孩，没有树，没有花……怎么什么都没有呢？

让我感到奇怪的是阿亮。您瞧，他又来了。这天绕着海岛转一圈后，他坐在海边，对着大海说起话来：我家里七口人，爹七十岁了，身板硬朗着呢，农忙时节，家里的五亩多地几乎都是他一个人侍弄的。娘六十八岁了，有关节炎，一到阴雨天，腿就疼，连路都走不成。女儿欢欢今年五岁了。我半个月前回家探亲，她竟不认我，连一声爸爸都不叫。是啊，我当年来岛上时，她还没有出生。哥哥带着嫂子和侄女进城打工了。苦了妻子桂花，侍奉老的，照顾小的……阿亮说了半天，大海一句话也不说，像是个哑巴。如果说大海是个哑巴的话，阿亮几乎每一天都要对大海说着同样的话。大海生阿亮的气了？不愿意回答他的话？人类真是猜不透，不像我们狗类，对谁生气了就汪汪地叫两声。

这里的日头很毒，一出来就晒得受不了。我随阿亮巡视几次后，感觉不好玩，就躲在屋里不出来，直到天黑了我才出来。阿亮呢，出门都穿着棉衣，戴一个头罩。天这么热，他怎么穿这么厚啊？我哼哼唧唧地问阿亮，可惜，他听不懂我的话。

阿亮没事的时候，常常照镜子。真是臭美，你又不是美女，一头白发有什么好照的？脸黑得像柴火熏过的锅底，好意思去照。不对，阿亮照镜子不像桂花和欢欢，人家是梳头发、描眉毛、画口红……阿亮是数眉毛，一根，两根，三根，四根……欢欢小时候也这样，不过，欢欢是拿一把小棒，一根，两根，三根，四根。阿亮数眉毛，隔三岔五都要数一次。他是看眉毛少了还是多了？真是的，我身上的毛多着哩，想要的话随便揪吧。

岛上没有青菜，阿亮吃的都是罐头。有一次，阿亮看到海上漂来一个“烂菜帮”，好像是过往商船抛下的，上面有几片绿菜叶。他毫不犹豫地跳进海里，把它捞了上来。晚上，阿亮做了一顿菜汤。吃菜的时候，阿亮把菜叶放在舌头上舔了又舔，一小口一小口地嚼烂，才吞下肚去。这难道是传说中的山珍海味？若是山珍海味的话，阿亮怎么经常吃胃药呢？他来岛上的时候就带了整整一箱子的胃药。

阿亮洗澡的时候最搞笑。远处来了片乌云，他就赶紧脱衣服，往身上抹肥皂，但刚洒了一小阵雨，便猛然放晴。这时候，他身上的肥皂水还没洗净呢。

阿亮还爱唱歌，唱得最多的是《常回家看看》。阿亮的喉咙像破了似的，唱得很难听。他唱着唱着，就泪流满面了。人们常说，男儿有泪不轻弹。阿亮怎么就这么爱哭呢？既然伤心就别唱呗，偏偏还爱唱这首歌。正儿八经让他唱歌，他反倒不唱了。那次，一个文艺团来慰问，让他表演节目。他不唱歌也不跳舞，将一个胃药的瓶子交给一个女演员，说他能把上面的说明书一字不落地背下来。果然，阿亮一张口，将药品说明书一字不落地背了下来——从最后一个字倒背到头一个字。女演员没有笑话他，反而眼泪汪汪，上前抱住了他……这算什么啊？难道女演员是狐狸精？可是她的尾巴呢，我怎么看不到？我跟阿亮来的时候，桂花对我说：“看好阿亮，别让狐狸精沾惹他。”

大多的日子是平淡无奇的，除了日落日出，没有什么好看的，真想一头扎进大海里。我忍不住时，就汪汪地叫几声，对着大海叫，对着天边的日头叫。我叫的时候，阿亮就呵斥我："别叫了，难听死了，还没我唱得好听。"说罢，阿亮就唱起了《常回家看看》：常回家看看，回家看看，哪怕给妈妈刷刷筷子洗洗碗，老人不图儿女为家做多大贡献，一辈子不容易就图个团团圆圆。常回家看看，回家看看，哪怕给爸爸捶捶后背揉揉肩，老人不图儿女为家做多大贡献，一辈子总操心就图个平平安安……

阿亮唱着唱着，就又泪流满面了。

犯　病

老王退休不到两年，患上了阿尔茨海默病，说白了就是老年痴呆，智商很低。他跟其他患者的状况差个八九不离十，记忆力减退，行动不便，譬如水杯明明拿在手里，却满屋子转悠着找水杯；本来要到厕所小便，到了卫生间却忘记自己要干什么，转回来时已经把裤子尿湿了；走起路来磕磕绊绊的，随时要跌倒的样子，等等。有时老伴叫他："老王，该吃饭了。"他却一脸茫然，等到老伴连叫数声，走到他面前大声呼唤，他才像个犯错的小学生："老大娘，你是叫我吗？"有时把老伴当作"姐姐"，弄得老伴哭笑不得，心里却如针扎一般难受。老王干了一辈子革命工作，退休后本该含饴弄孙，颐养天年，想不到得了这种病。

有人建议说，让老王常去他熟悉的地方，或许能恢复他的记忆。这种说法像是有点儿道理，老伴就带着老王来到他工作了一辈子的地方，这里转转，那里逛逛。可是，去了几趟后，一点儿效果也没有。老王常常把张三当成李四，王五当成陈六，把比他年龄小的局长当成“哥哥”。有一次，老王来到办公室，对比他年龄小三十多岁的小姑娘叫“大娘”，人家小姑娘初来乍到，不明就里，“哇”的一声哭着跑了出去。

局长是个好局长，心里也很难过，毕竟是自己的兵啊，不能撒手不管，就对老王的老伴讲：“大娘，还是去医院吧。老王的医疗费单位都给报销，钱不是问题。”

老王的老伴感激得直点头。

就这样，老王又被老伴领着往医院跑开了。每次去，都要提回一大包药。反正是只要沾点儿边的药，医生都给开了。

两个多月过去，秘方、偏方都用了，中药、西药都吃了，针灸、按摩都试了，没见什么效果。老王的老伴有点儿泄气。医生蛮有信心地说：“病来如山倒，病去如抽丝。不要急嘛，干什么都要有个过程。上次他来管我叫叔叔，这次叫我弟弟，不就是有点儿进步吗？”

老王的老伴无言以对，就又默许医生开了一大堆药。

老伴搀扶着老王刚走出医生办公室，只见一个小伙子旋风似的跑了过来，后面一个中年妇女撕破嗓子似的叫喊：“抢劫啦，抢劫啦。”老伴忙拉着老王，打算往后闪一闪，让那个小伙子跑过去。毕竟是亡命之徒，他们老两口如何对付得了？若不识时务，还不是拿鸡蛋往石头上碰，能有个好？

谁知道，老王愣怔了一下，一反常态，挣脱老伴的胳膊，箭步冲上前去，一抬腿把那个小伙子绊倒在地。没等小伙子爬起来，老王就扑上去，把小伙子死死摁倒在地。老王到底上了年纪，小伙子挣脱老王，爬起来刚要跑，被随后赶来的保安和行人给制伏了。

老伴好半天才反应过来，上前抱着老王，泪如雨下。

说来奇怪，这件事过后，老王还原到过去的样子，傻呆呆的。甚至被问起制伏歹徒这件事时，一问三不知，想不起来了。

类似的事情后来又发生了一次。那天，老王和老伴在看病返回的途中，公交车行驶到偏僻路段时，一中年男子猥亵一个小姑娘。小姑娘呼救，车上的乘客都佯装瞌睡，一个个成了缩头乌龟。中年男子更加有恃无恐，动作更加放肆。小姑娘大叫："救命啊，救命啊。"

老王腾地站起来："住手！"老伴见状，知道老王又"犯病"了，忙偷偷拨打了110。车上的其他乘客也纷纷站起来帮腔，声讨那个中年男子。

司机刚把车停稳，中年男子急慌慌、灰溜溜下车了。

跟上次一样，待到一切都平息下来，老王恢复了先前的状态，又痴呆起来。

司机上前感谢老王。老王茫然不知所措，不知道发生了什么事，吓得躲到老伴后面，像个做了错事的小孩子。

司机和乘客们都不理解。

老王的老伴忙给大伙儿解释："老头子有病，阿尔茨海默病，老年痴呆。"

这话让大伙儿更加糊涂了，老年痴呆怎么能在关键时刻站出来呢？这不胡扯吗？难道这个老大娘是个精神病患者？

老王的老伴一边抹眼泪一边说："老头子退休前，是公安局的一名刑警。"

顿时，车厢里掌声一片。看到众人都拍着巴掌，老王也咧开嘴乐了，跟着大伙儿一边拍巴掌，一边摇头晃脑地唱着："你拍一，我拍一，一个小孩坐飞机……"

路 神

入了冬，日头也怕冷似的，早早躲进了山坳里。下午一放学，小羊就背起书包急慌慌往家赶。学校离家有四五里路，中间要翻越一座山、两道沟。刚开始，小羊是跑，跑着跑着，就累得出了一身的汗，上气不接下气，跑不动了，走，走得东倒西歪，也不敢停歇。尽管这样，往往是小羊走到半路，夜幕就低垂下来，好像急着去给日头当被褥。路边的石头，白天看像是一头牛，到了晚上，就变成了张牙舞爪的鬼怪，吓得小羊不敢正眼去瞅。山林中叫不出名的鸟儿，也趁着黑夜，不知羞地卖弄着不着调的歌喉，一惊一乍的，怪瘆人。

爷爷腿脚不灵便，只能到山口那儿接小羊。小羊的爸爸妈妈都到外地打工去了，爷孙两个相依为命。

这天黄昏，见到爷爷，小羊一头扎进爷爷怀里，呜呜地哭起来，半天都止不住。她是个懂事的姑娘，心里恐惧，不敢告诉爷爷，怕爷爷担心。爷爷知道，小羊除了委屈，更多的是害怕。一个七岁的小女孩，走夜路，并且还是山路，能不害怕吗？握着小羊冰冷的小手，爷爷心里叹气，说："小羊，别害怕，有路神保护着呢。"

"爷爷，什么是路神啊？"小羊天真地问。

"路神啊，就是神仙。玉皇大帝把何五路封为路神，掌管着天下东、南、西、北、中五条路。当时众神皆笑，'天下之路还用管吗？天下之人，无路不创、不开、不走，谁听你？'观音菩萨说，'人有心，有心者，心中有路才有路，心中没路，走投无路。每时每刻有多少人因心中无路要上吊、投河……福路、禄路、寿路、喜路、财路，连着福缘、禄缘、寿缘、喜缘、财缘，不通行吗？'观音菩萨言之有理，众神这才无话可说。从此，何五路掌管起天下东、南、西、北、中五条路，保佑走路的人平平安安。"

"爷爷，能看到路神吗？"

爷爷说："凡人是看不到的……你在前面走的时候，路神就在后面跟着，保护着你，所以不用害怕。"

"爷爷，我今天回来，就见到路神了……接连好几天了。"小羊的心里渐渐亮堂起来，说话也有了底气。

"你见到了？"爷爷吃了一惊，关于路神他也是听老辈人讲的，讲得有鼻子有眼，不由得不信。不过，他自己倒没有遇到过。小羊今天碰到的是什么？真的是传说中的路神？

小羊说："上山那会儿，我在前面走，总感觉后面有人，能模模糊糊听到脚步声，有时还有轻微的咳嗽声，有时还叫我的名字呢，吓得我也不敢回头，使劲跑……原来是路神啊。"

小羊的描述跟老辈人讲的不差上下，看来真的是有路神。爷爷说："小羊，不能回头看。我爷爷说过，有一天早上起来，他的眼睛无缘无故地肿了，村里的老人说他是见到了路神，冲了煞气，所以才会眼肿，最后请了一个岁数很大的老人在路边烧了几刀黄纸祷告一番，三天后我爷爷的眼睛才转好。"

第二天星期六，小羊没有去上学。学校唯一的一名教师杨老师家访来了。杨老师今年六十岁，在学校里教了一辈子的书，因为生源少，地方又偏僻，没有人愿意来这里教书，杨老师是校长兼老师，除了校务，还负责着小学一至五年级共二十多名学生的全部课程。

见到杨老师，小羊和爷爷都很高兴。这是杨老师第二次家访，上一次是小羊刚入学的时候。杨老师上了年纪，来一趟要走几个小时呢。

"杨老师，真的是谢谢你……学校那么多学生，真的是难为你了。"说着话，爷爷去鸡窝掏鸡蛋。

杨老师知道小羊的爷爷要给自己炖荷包蛋，忙去阻止了他。鸡窝就是山里人的"农行"，杨老师是知道的，便说："除了小羊，还有三四个同学都离学校比较远，有的翻山，有的越河，我不放心啊。现在天黑得早，担心他们在路上出了意外。每天放学，我只好挨个护送一段，等这个到了安全路段，再拐回来去送那个……小羊跑得快，我每次都赶不上，只好远远地在后面送一程。”

小羊恍然说道：“杨老师，我爷爷说您是路神呢……哼，爷爷骗人。”

“路神？”一时间，杨老师丈二和尚摸不着头脑。

爷爷笑了，笑得眼泪都出来了。

杨老师明白原委后，语重心长地说：“小羊，道路怎么走，全靠你个人。真正的路神不是别的，是你自己！”

多年后，小羊大学毕业回到村小学当上教师，才彻底懂得杨老师说的话。

麦子的馨香

夜深了，“咕咕、咕咕”，布谷鸟的叫声清脆、响亮。听着布谷鸟的叫声，还有手机微信的提示音，躺在床上的槐花心里越发毛躁，怎么也平静不下来。

下午，她给幸福打电话，问他能否先把她家的麦子收了。去年，幸福弄了台联合收割机，就一下子成了村里的红人。每到麦收时节，老少爷们儿就像早朝时大臣给皇帝请安似的去巴结他。老话讲，麦熟一晌，蚕老一霎；紧种庄稼，消停买卖。麦子还是早收割的好，若是下雨，就糟糕了。

接到槐花的电话，幸福没往正题上说，要槐花晚上去给他熨烫衣服，说过几天他要相亲呢。槐花猜测，熨烫衣服可能是幸福的潜台词，他嘻嘻哈哈的，好像装着一肚子坏水。可是，她要是不去，怕是再有十天也轮不到她家，到那时，只怕地里的麦子都炸了。若是人工割，她怀着身孕，天热得像下了火，实在不便。去？不去？说不定真是自己小肚鸡肠了，人家幸福什么想法也没有，真的是让自己去熨衣服。想到这里，槐花就从床上爬起来，刚要去拉灯，忽然隔窗看到篱笆院门口蹲着一个人，明晃晃的月光下，槐花睁大眼睛，瞅出那个人好像是大顺！

大顺是槐花的男人，在城里打工。难道是他回来了？槐花又惊又喜，刚要叫出声来，忙捂住了嘴巴。之前，大顺打电话说要回来收割麦子，槐花拒绝了，说："一来一回一千多块，三亩多麦子也值不了多少钱，不划算。"大顺说："我想你了嘛。"槐花说："想我了收秋滚回来。"若是大顺回来，他能不打电话？到家了，怎么不叫门呢？莫不是他知道自己要去找幸福，故意蹲点守候的？想想，不像；看看那团模糊的影子，也不像。难道是幸福？那可怎么办？不行，自己不能叫，更不能开门，不能做对不起大顺的事。想到这里，槐花悄悄关上窗户，和衣躺下了。她打开微信，看到幸福发来的一连串问号，没犹豫，打出一个句号，然后关机了。

布谷鸟依然"咕咕"地叫着，槐花像听着催眠曲似的进入了梦乡。

第二天早上起来，槐花打开门，门口那团黑影不见了，她松了口气，顾不上弄早饭，就拿上镰刀去麦地，割麦得趁早，等到日头爬出来，地里就站不住人了。半路上，槐花忽然接到幸福的电话："大顺都回来割麦了，还让我割啥？要猴咋的？！"不等槐花回话，幸福就挂断了电话。

啥？大顺在地里割麦？莫非昨晚的黑影真的是大顺？想到这里，槐花就加快了脚步。

是大顺！他弯着腰撅着屁股，挥舞着镰刀，唰，一把，唰，又是一把。等到怀里的麦子搂不住了，转身放下，回头继续"唰唰唰"地收割。麦子已经躺倒一大片——他半夜就来割了，不然割不了这么多。

"大顺！"

听到槐花的叫声，大顺循声转过身来，拿手捋了一把额头上的汗珠甩出去，说："槐花，饭做好了吗？"

"你回来了也不放个屁？"槐花的话里带着笑含着恼。

"不是想给你个惊喜嘛。"大顺解开上衣的扣子，用衣襟扇着风。

"你半夜回来咋不进家？"槐花走到跟前，才悄声说出了心中的疑惑。

大顺盯着槐花微微隆起的肚子，也放低了音量："傻瓜，我大半夜敲门不惊了你和宝宝的瞌睡吗？半夜割麦凉快，比白天出活。"

槐花心里一热，倒想不起说什么。

大顺说："刚才幸福来了，我说这点儿麦子我加加班，一天就解决了。再说，庄稼嘛，还是经经手吃起来才香甜。"

“麦子值不了几个钱，你来来回回折腾……”话虽如此说，槐花心里还是挺甜蜜的。

大顺打断槐花的话，说：“麦子有价，亲情无价。”

槐花眼里噙着的泪再也藏不住，珠子似的，一粒一粒滚出来。

“你看，你看，眼泪就这么不值钱？”大顺走过来，要给槐花擦眼泪。槐花就势抱住了他。

一阵微风吹来，那些还没割倒的麦子随风摇曳，麦子挤挤挨挨的，发出“沙沙”的声音，似乎在笑话眼前这对小夫妻呢。五月的暖风荡漾起来，那种麦子独有的成熟的香味一下子弥漫在天地间，到处都是香馥馥的。不知道躲在哪个角落的布谷鸟，还在“咕咕、咕咕、咕咕”地唱着，那是丰收的歌谣，欢乐的歌谣，幸福的歌谣。

新年礼物

进入腊月，年的味道便越来越浓了。一街两行都挂上了火红的灯笼，大的，小的，圆的，长的，各种形状的都有。超市、商场门口的大海报，你方唱罢我登场，打折、降价的信息扑面而来。街口巷角的空地也全被小商小贩们占领了，卖衣服的，卖年货的，还有现杀活羊的……都来了。有商家门口的音响放着“新年好啊新年好”，不时炸响的鞭炮，更是把年味送到了城市的各个角落。

李娟走进商场，打算给母亲买件礼物。迎宾小姐穿着大红的旗袍，脸似乎比平时笑得还灿烂：“欢迎光临！”

每到年关，李娟必给老母亲买一件礼物。她自小没了父亲，是母亲既当娘又当爹地把她和弟弟拉扯大的，不容易，她不能不孝。记得进城的头一年，她给母亲买了一个洗脚盆。还是李娟在雇主家看到洗脚盆后，才决定给母亲买的。李娟是一个家政服务员，说白了，就是个保姆。李娟在电话给母亲说，睡前泡泡脚，胜似吃补药。这话也是雇主给李娟说的。李娟又问了雇主一次，才记住。先前在老家，晚上睡觉前谁洗过脚？即使偶尔洗一次，也是用的洗脸盆，谁用过那种木质的、带按摩的洗脚盆？真是没吃过猪肉也没见过猪跑，见也没见过。第二年，给母亲买了一个袖珍音响，里面装了个卡，录满了家乡戏，豫剧、曲剧，还有大鼓书，戏有《穆桂英挂帅》，有《朝阳沟》，大鼓书有《杨家将》，有《十二寡妇征西》，多啦。弟弟和弟媳在外打工，不常在家，母亲一个人在家孤独，听听戏也不寂寞。这玩意儿也是李娟在公园里见到的，不少城里老人都有，腰里挎着、手里拿着、口袋里装着，想听谁的就听谁的，比收音机方便多了。第三年，她给母亲买了一个按摩椅，母亲经常腰疼，都是干农活给累的。这个也是李娟看到雇主家里有这个，才想起给母亲买的……

李娟东瞅瞅，西看看，给母亲买什么合适呢？衣服？平时没少给她寄，弟媳也给她买，到老也穿不完。用的？电视机，家里有；冰箱，家里也有，除了过年派上用场外，其他时间都罢着工；洗衣机，在弟弟的屋里锁着。李娟想再给母亲买一个，母亲不要，说村里不少人家都有，使用的却很少，都当成柜子塞满衣服了，说老费电。即便是给母亲买了，会不会用还得另说。吃的？母亲饭量不大，也不吃肉，说老了，吃啥都不香甜了，开心果、核桃之类的坚果，她的牙已经退化，咬不动。

李娟在商场转悠了半天，也没想好给老母亲买什么礼物。她打通家里的电话，问问母亲还缺少什么。

听到是她的声音，母亲在电话那端显得挺激动："娟，是你吗？你五天都没打电话了。家里啥都不缺……你啥时间回来？"家里装的是座机，母亲却不会拨号，不能主动打电话，只能接听电话。

又是这句话，每次打电话，母亲都问李娟啥时间回去。李娟耐心解释道："娘，我最近工作忙，回不去。"前不久，李娟刚换了雇主，这一家有一个老太太，她的儿子媳妇都在国外，忙，没时间回来陪老人家，老太太晚上睡不着，想找个人说说话，晚上陪她睡觉。老太太的儿子给的价钱也诱人，李娟就答应了。

母亲在电话那端不说话。

母亲似乎不高兴，李娟忙换了副欢快的口气："娘，我弟弟他们回去了吧？我们几天前通过电话。我有时间就回去。"弟弟他们回去了，这个年也就热闹一些，家里也不至于太冷清。

"娟，给你寄的礼物你收到了吗？"母亲在电话那端怯怯地说道。

给我寄礼物？李娟感到新奇："娘，您老人家给我寄啥子礼物，真是的。"

母亲又说："我让你弟弟寄的，他说丢不了，你会收到的。

你弟弟他们今个儿去镇上赶集去了……”

电话挂断后，李娟就拨通了弟弟的电话，闲聊了一会儿，就问到正题：“娘说给我寄的礼物，啥礼物？”

“姐，你别生气啊。娘给我两百块钱，让我买张火车票给你寄去……我今天早上才在网上订购的，让他们直接送票去你那里，估计今天就会给你打电话，是腊月二十六的票。姐，你几年没回来了，就回来一趟吧。你知道吗？你给娘买的洗脚盆，她一直没拆封，按摩椅一次也没用……姐，你真的很忙吗？娘想让你回来陪她睡一晚上……”

弟弟的话音没落，李娟眼里的泪已悄然滑落下来。

嫁女树

靠山屯有个由来已久的习俗，如果谁家生了女孩，就要在院子里种一棵香樟树，等到女儿长大出嫁时，就把它砍了做个大樟木箱子，里面放上陪嫁的东西。如果生了男孩，就要种上一棵榉树，希望他将来能够榜上有名成为举人。久而久之，香樟树便成了“嫁女树”。

花婶是远近闻名的媒人，家在镇上，但最爱到靠山屯保媒。这是为啥？花婶知道靠山屯的习俗，不进家门，一看院子里的树，就知道哪家有男孩哪家有女孩，然后根据树的大小，判断男孩或女孩的年龄，这样再去说媒，就省去许多口舌。

常言说，古云补锅用泥搽，巧嘴媒婆说大话。明明是个丑八怪，在她口里美如花。白丁说成是秀才，预约见面红包拿。说的就是媒婆，还有比这更埋汰人的呢。花婶不是这样的人，不会把秃顶的人说成聪明绝顶，眯缝眼说成聚光，她是热心肠，真心成人之美。她说，跑来跑去既锻炼了身体，又落个好人缘，多美的事啊。

这天花婶路过大春家，看到大春家的“嫁女树”，根据树冠和树围，知道大春到了出嫁的年龄。通过进一步了解，得知大春还没有对象，花婶的脸就像花一样绽放了，心里盘算着该给大春介绍个怎样的。大春个头高高的，肤色白净，若是换上时尚的衣服，根本看不出是个农村人。自从花婶进了院子，大春抿着嘴，捻着衣角，眼神不时瞄向地上的蚂蚁，一副害羞、不自在的样子。在当下，这样纯朴的女孩纯属稀有。

花婶的脑海里立马跳出一个人，那就是在镇政府工作的小马。小马是城里人，大学毕业后要求下基层锻炼，考公务员考到了这里，一直想找个“村里有个姑娘叫小芳”里的小芳。今天看来，大春是最合适的人选了。花婶就打开小马的微信视频，说自己在靠山屯瞎逛，然后悄悄把摄像头对准了大春。

小马激动得没敢说话，打出一行字：靠山屯的？真是深山出俊鸟啊。

花婶心里有了数，关了微信，好一番夸奖小马。大春的爹娘认识小马，因为工作关系，这娃来过靠山屯几次，城里人，公务员，心里边早就满意了，嘴上却说只要大春满意，他们没啥说的。大春呢，始终没说话，看样子也像是同意了。

接下来，花婶就把大春的手机号码给了小马，让他们自己联系，还说师傅领进门，修行在个人。花婶知道，强扭的瓜不甜，特别是婚姻这事，欲速不达，强求不得，鞋合适不合适，只有脚知道。

过了一段时间，花婶从小马那里得到信息，他和大春已经步入了恋爱的正常轨道。

时隔半个月，花婶走进大春家的院子，一下子感觉不对劲——院子里的“嫁女树”不见了。没听小马透漏结婚的消息啊，怎么就把“嫁女树”刨了呢？难道提前把家具打好了？

花婶就嚷嚷，提出要看看家具。

大春的爹就讪笑着，吭哧半天才说，“嫁女树”给二狗了。

花婶知道，二狗也是这个屯的，四十多岁还没找到媳妇。光棍一个，他要“嫁女树”干啥？没听说他有干女儿啊。大春将来怎么用？

大春的爹说：“二狗要结婚了，媳妇是郑州的。”

花婶掐了掐自己的手指，感觉不是在做梦。她之前给二狗介绍了好几个，都是妮穿她娘的鞋——钱（前）窄，一直没弄成事。

大春的爹说，那个寡妇是个退休职工，小马的一个远房亲戚。她来到靠山屯后，一下子就迷上了这里。

“她不嫌二狗家穷？”花婶愣愣地说。

大春的爹说：“小马给二狗整了几百棵核桃树，今年都挂果了。”

花婶这才知道，二狗是小马的帮扶对象，不但负责帮二狗脱贫，这次还给他找了个媳妇。那个女的是个退休职工，男人病死好几年，小马便把她介绍给了二狗。

大春的爹说："二狗媳妇没啥要求，只求二狗给她做个樟木箱子。"

"小马就想到了您家的'嫁女树'，是不是？"花婶眨巴着眼睛。

大春的爹咧了咧嘴，笑了。

花婶说："大春就愿意？"

一直没有说话的大春使劲点了点头，满脸的自豪和骄傲。

父亲的讲稿

这天，我下班后，父亲突然对我说：“下个月开始，我要给某局科级干部讲课，你给我备一下课。”

父亲是党校的一名老师，除了给党校的学员上课外，经常到各个单位、学校讲课。

我愣怔了一下。以往，每逢有任务的时候，都是父亲亲自备课，查资料，整理笔记，一丝不苟，天天晚上折腾到半夜。这次是怎么了？咋让我给备课了？

父亲赧然一笑：“我老了，眼也花，精神也不济，电脑也没有你熟练。”

也是，父亲奔六十的人了，不是年轻的时候了。我说：“可以，都备哪些课？”

父亲说：“你单位也有事，每周给我备两课时就行了。今晚给我查查历史上的清官都有哪些，他们的具体事例再举出一两个来。”

好，这个不难，在百度里一搜就全都有了。吃过晚饭，我就在电脑上忙活开了。

包拯是一个。包拯离开端州之时，端州百姓将他送到船头，知道包拯没带一块端砚，便将一块最上等的端砚用黄皮包好，悄悄放进舱内，想包拯到了地方也就收下了。船行至羚羊峡口，忽然间狂风大作，飞沙走石，天昏地暗。包拯眯着眼睛看前方，担心船行驶下去凶多吉少，便下令停船。他暗自诧异："我包拯在端州清淡如水，如何惹得天公这般动怒？”思索着，他在船舷转了转，除却风沙迎面而来，什么也没发现。等他烦闷着进入船舱，却瞥见角落有一黄色东西。打开布包一看，竟是一方精美端砚！他拿着端砚走出舱，手臂一挥，将砚掷于水中。风停了，浪静了……试想，如果包拯收了这方端砚，不说会葬身河里，起码他的一身清明算是毁了。人在做，天在看。这话真的不假。还有，狄仁杰、包拯、海瑞、于成龙、耶律楚材……无一不铁面无私，刚正不阿，而又两袖清风。

又过了两天，父亲让我查一下历史有名的贪官有哪些，最后都是如何下场。

蔡京、赵高、梁冀、王温舒、石崇、陈自强、刘瑾、严嵩、和珅……他们无不位高权重，贪婪成性，最后或流放或下狱或处死，没有一个好下场。想想这些贪官也真傻，在那么高的位置上，吃穿不愁，贪那么多有什么用呢？到头来还不都是国家的。像唐朝的元载，他当宰相时，大兴土木，建房盖屋，倒台后，被没收的宅舍分配给数百名有品级的官员居住使用；在洛阳专门营建的园林式私宅，充公之后，改成一座皇家花园……即便他给朝廷做了这些“好事”，却落得万民唾弃、遗臭万年的可耻下场，用咱们老百姓的话说就是，白白替人家忙活一场，人家却又不说他的好。

到了第二周，父亲让我给他总结一下怎么才算好干部，并列举事例论证。

习近平总书记曾提出“信念坚定、为民服务、勤政务实、敢于担当、清正廉洁”的好干部标准。新中国成立以来，很多好干部活在了人民群众的心中，焦裕禄、孔繁森、牛玉儒、任长霞、杨善洲、沈浩等，他们一辈子忠于党、忠于人民、忠于自己的事业，一心为民办好事办实事，把鲜血、一生乃至生命献给了自己钟爱的事业，他们是人民心目中执政为民的榜样。特别是焦裕禄同志，带领人民战盐碱、斗风沙，胼手胝足，开天辟地，“敢教日月换新天”，成了新中国成立以来好干部的象征。金杯银杯不如老百姓的口碑，好干部如何好，百姓说好才是真的好。然而，还有一些领导干部思想空虚，意志淡薄，碌碌无为，不思进取。他们偶尔下一次乡，也是前呼后拥，走马观花，讲排场，摆架子，看看数字，听听汇报，心思根本没在老百姓身上……

两年后，我所在的单位发生了一起“地震”：连同局长在内的十几个同人被组织部门分别谈话了。我由副局长升为局长。

至此，我才恍然明白：是父亲培育了我，要不是父亲的讲稿，我也不可能有今天。回到家里，我由衷地对父亲说了感谢的话。

“哪里啊，是你自己的讲稿。”父亲淡淡一笑。

父亲这话也没错。我也早就知道，父亲根本就没有给某局科级干部讲课这一说，他是逼着我在学习啊。他让我备课那一天，是我刚刚被任命副局长不久。

形　象

那天中午，丽娟正在办公室吃午餐，父亲突然来了。父亲推开门那一刻，丽娟又急又窘，还带着气。父亲一头花白的头发，乱蓬蓬的，一看就像多天没洗过，胡子也没刮，穿得比平时下地时齐整一点儿，但还是皱巴巴的，裤脚高挽着，布鞋上还散着泥星……若是办公室就丽娟一个人倒还罢了，偏偏那天她的几个姐妹都在。她们大眼瞪小眼，好像父亲是个外星人。

父亲也真是的，您来就来吧，好好把自己收拾一番啊。没等丽娟开口，父亲讪笑了一下，磕磕绊绊地说："这不端午节嘛，你娘起五更包的粽子……我、我就搭车来了。"说着话，父亲解开了背着的挎包。

丽娟的闺密红红缓过神来，轻轻搡了丽娟一下，熟稔地说：

“叔叔，要不是您提醒，我们几个今天真还就错过端午节了。”

父亲把粽子一拿出来，屋子里一下子升腾起粽子的香味，是丽娟熟悉的那种久违的香味。红红和其他几个姐妹旋风似的围了过去，有的给父亲让座，有的给父亲倒水，喊伯的，叫叔的，亲热得不得了，倒是半点儿没有嘲笑父亲的样子。

看到姐妹们的表现，丽娟心里的火气慢慢消了，这才感觉对父亲有点儿苛刻了，再怎么说，也还是自己的父亲。

不待父亲发话，丽娟就拿起粽子让起来。红红急忙接过一个，使劲闻着，然后狼吞虎咽起来，一边吃一边夸张地叫着：“香，真香。”丽娟和其他几个姐妹都笑了起来，父亲也附和着笑了。

丽娟这才问道：“爹，您吃饭了吗？您没吃我带您去外边吃去。”

“吃了，吃了，我在外边吃的烩面。”看着桌子上的泡面，父亲很是心疼，“光吃这个会中？没钱了跟家里说。”

红红抢先说道：“叔叔，我们偶尔吃一次。”红红说的也是实话。

丽娟掏出五百块钱，对父亲说：“街对面有家洗浴中心，您去洗洗澡，理理发……然后我去给您买一身衣服。”

推让了半天，父亲才接下。

等了两个多小时，父亲转了回来，还是来时的形象。丽娟瞪着父亲：“爹，您没去？”

父亲支吾着，说不出个囫囵话。

丽娟说："爹，别心疼钱……给您了，就是让您花的。"

父亲低着头，像是做了错事的孩子。

红红过意不去，走过去劝丽娟："在乡下理个发洗个澡，十块八块的就能解决，叔叔肯定是俭省惯了，舍不得……你别埋怨叔叔，老人家都这样。"

父亲的手还插在口袋里，似乎要把钱摸索出来。

丽娟说："爹，您别掏了，留着花吧。"

天将黑的时候，父亲坐末班车回乡下了。

当天晚上，丽娟看当地电视新闻的时候，忽然瞪大了眼睛，直直地盯着电视：画面上一位老人倒在地上，围观了不少人，指指戳戳的，却没有一个人把老人扶起来。正在过马路的父亲看到后，赶过去，没有丝毫犹豫就把老人扶了起来。忽然，老人一把抓住父亲的胳膊："老哥，谢谢你！"随后从口袋掏出一沓钱，又说："老哥，这是一千块钱，别嫌少。"父亲给搞糊涂了，周围的人也糊涂了。老人咧开嘴笑了："我是故意跌倒的，若是谁把我扶起来，就奖励谁一千块钱。"这时，一个背摄像机的记者过来了，问父亲："大爷，您当时是怎么想的？"父亲的脸红了半天，才结结巴巴地说："我也没想啥，若是见了老人有困难，都不伸手，轮到自己老了咋办？"记者又问："您就没想到会被讹诈？这类新闻您可能也听过……"父亲挠了挠头发，说："哪会呢，那种人还是极少数，世上还是好人多。"

丽娟的眼泪不由自主地流了下来，她拿出纸巾，怎么擦也擦不干。此时，红红和其他几个姐妹的电话一个接一个打过来，都说看到刚才的新闻了，都说丽娟的父亲很伟大。

待自己平静下来后，丽娟打电话给父亲："爹，我明天回家……我、我也几个月没回去了。"

"这闺女，一会儿风一会儿雨的，今天不是刚见了面？"

"爹，人家不是奖励您一千块吗，我想让您请客。"

"闺女，你都知道了……我……我看到一个家庭困难的学生娃跪在地上要钱，本来想把那一千块给他，没想到连带着把那五百块也一起掏给他了，想再要回来又张不开口。闺女，你怎么哭了，是不是爹今天给你丢脸了？"

"爹，没有，没有，您、您今天给我长脸了。"

"净胡说，爹一个乡下老头会给你长脸？"

"……"丽娟忍不住啜泣起来。

听风者

农业局办公室的马秘书身怀绝技，听力非常好，有“听风者”之美誉。跟你这么说吧，屋顶上溜过一只猫，他能听出是公猫还是母猫；窗外溜过一丝风，他能听出是东风还是西风，是东南风还是西北风；树梢上有两只麻雀叽叽喳喳，他能根据鸟语分辨出是哪个在向另一个求爱……马秘书自己也说，他还能够通过听胎动，预测孕妇怀的是男孩还是女孩，是不是双胞胎，是不是龙凤胎。不过，截至目前，还没有哪一个孕妇自告奋勇愿意尝试。

有人会说，是骡子是马拉出来遛遛。嗨，机会还真就来了。

这一天是个国际性的节日，具体什么节日并不重要，局里上午首先举办了座谈会，然后开展了拔河、跳绳等一些娱乐性的活动。这些活动都结束后，离中午聚餐还有那么一点儿时间，有人就提议做个小小的游戏，测试一下马秘书的听力。

游戏是这样的：把马秘书关在办公室里，让人从门外的走廊上走过，让马秘书猜猜是哪一个。

这个提议得到了大家的一致赞同。马秘书笑眯眯的，乐呵呵的，一副胸有成竹、志在必得的样子。

游戏正式开始。第一个上场了，刚走两步，马秘书就在屋里叫道："是傅局长。"

不错，正是农业局的傅局长！

马秘书得意地说："傅局长办事果断，雷厉风行，走路也是掷地有声、铿锵有力。"这话不免有拍马屁的嫌疑，但他毕竟猜对了，瑕不掩瑜，大家还是报以热烈的掌声。

第二个也只是走了不到五步，马秘书就在屋里叫道："是郑副局长。"

这一次，马秘书也猜对了，门外走过的正是农业局的二把手郑副局长。

马秘书说："郑副局长做事稳重，为人低调，走路也是一样稳重。"

第三个是打字员小娟。为了增加难度，小娟特意用平底鞋换掉了高跟鞋。

这也难不倒马秘书。他说："小娟年轻开朗，身轻如燕，走路都像是在跳舞。"

第四个是办公室主任老李……

第五个是司机大牛……

第六个是门卫老焦……

第七个是厨师小胖……

局里百十号人依次走过，马秘书都一个不差地给猜了出来。真是神了！

有人说，这要在战争年代，马秘书绝对有用武之地，不说是英雄，但肯定不是狗熊。

“再来一个！”傅局长示意马秘书进屋，然后让老李把大门口拴着的两只狼狗放进来一只。这两只狗一个叫大黄，一个叫二黑。放进来的是大黄。

大黄在走廊上遛了一圈。马秘书猜出来是狗，但没分辨出来是大黄还是二黑。第二趟大黄刚开始走，马秘书就在屋里叫道：“是大黄！”这一次，马秘书除了捕捉狗的脚步声外，还借助了狗的呼吸声。

现场又是掌声、叫好声一片。

这时，从大门外又来了一个人。这个人大家都认识，也是马秘书的熟人。老李灵机一动，让马秘书不要开门出来，让他猜猜来人是谁。

凭马秘书的本事，猜出来应该不是难事。

一趟，一趟，一趟……来人在走廊上来回走了五六趟，走得额头上都冒出了汗。呵呵，还真是奇怪，马秘书愣没猜出来。最后，他在屋里丧气地说：“不是熟悉的人猜不出来。”

哼！来人听到这话，气得扭头就走。

“大叔……”在场的人纷纷挽留。

马秘书打开门，看到那人佝偻的背影，张了张嘴，终于叫出了声：“爹！”

“我不是你爹！鳖儿子，半年不见就拿爹不当爹了……”

风水宝地

县直小学的老校长又来找分管教育的马副县长。说不清他这是第几次来了。

没等老校长开口，马副县长就皱着一张脸，说："老校长，学校的情况我知道，可是巧妇难为无米之炊，没有钱啊。"说着话，他给老校长倒了一杯水。

老校长说："几十年的房子了，房顶上裂的口子像小孩的嘴，屋子漏雨不说，刮风下雨都不敢让学生上课。"

马副县长说："这是大事，你给我盯紧点儿。咱两个是一根绳子上的蚂蚱，出了事谁都跑不了。"

老校长喘着粗气说："我巴望着出事呢，出了事就有人管了。"

马副县长说："你看你看，县上那么多事，总得来个轻重缓急吧！即使有钱，也不是老母猪的奶穗子，想咂就咂两下……"

看到马副县长不往正事上说，老校长水也不喝，气咻咻地走了。

这天，老校长在学校门口协助老师接学生过马路，忽然看到两个人在学校门口转悠。

这两个人他都认识，一个是明月房地产开发公司的董事长赵明月，一个是当地有名的风水先生。

风水先生掏出罗盘在地上鼓捣了半天，急不可耐、悄悄地对赵明月说："就这儿了！"

赵明月看着眼前这个破败的小学，有点儿怀疑风水先生的眼光。

风水先生收起罗盘，用肯定的语气说："我看过的地盘中这个是最好的了。"

赵明月说:"风水先生，我是开发房子的，可不能大意啊。"

风水先生说："赵董您看，学校前面有条小河，后面有个土山。常言说，背靠山好升官，前临水好生财。这是最好的阳宅了，我敢断言，这个地方出过不少人物，有经商的，有当官的……您把房子开发起来，绝对火爆！"

赵明月就有点儿心动。县城里没有几块地方可供开发了，几乎没有选择的余地。他心疼地说："这个小学搬迁就是一笔不小的费用……"

风水先生不以为然地说："你这次赚大了，建学校是功德无量的事，好多人没有这机会呢。这边盖房子又是风水宝地，绝对好卖……”

正当两个人嘀嘀咕咕的时候，老校长踅摸了过来。

赵明月还在犹豫的时候，老校长黑着脸，说：“想开发房产？石狮子屁股，没门儿！”

“老校长，为啥子不行？”赵明月感到不解了。

老校长说：“风水宝地。”显然，他捕捉到了风水先生的话，之后，老校长掰着指头如数家珍，说从这里考上大学的有多少个，出国留学的有多少个，毕业后当上科级以上干部的有多少个，经商走上富裕路的百万富翁有多少个。

风水先生说：“老校长，既然出了不少人才，怎么不让他们出钱把学校修一修呢？”

老校长叹口气，说：“我何曾没想到这个？咱只是他们的小学母校，他们还有初中母校、高中母校、大学母校……还有，马副县长说，好钢要用在刀刃上，不能随便求他们。”

赵明月吃了定心丸，忙打断老校长的话：“老校长，您选个地方，我再给您建个学校如何？”

老校长愣了一下，然后摇摇头：“不可能再有这么好的风水地了，学校是出人才的地方，不能随便建的。”

赵明月忙把风水先生介绍给老校长，说风水先生如何如何了得，学校选址的事包在他身上。

老校长看着风水先生，半信半疑。

风水先生忙说：“老校长，学校的事，就包在我身上，我绝对给您选个好地方。”

老校长这才答应。

后来，根据风水先生的建议，学校建在了郊区，远离闹市，安静得很，老校长也很满意。为了学生上学方便，县里边还专门开通了一条公交线路。

等到新学校建成，老师和学生们搬走，赵明月搞定一切手续后，就马不停蹄地安排人把老学校拆了。

很快，老学校的原址上竖起了数栋楼盘。

这天晚上，一家酒馆的包间里，老校长和风水先生推杯换盏。老校长醉醺醺地说：“你当初怎么知道学校出过不少人才？你真的能掐会算？”

风水先生笑了：“老校长，人才不都是从学校出来的？！”

老校长恍然大悟：“谢谢你啊。要不是你这一招，若等马副县长来关心，学校的危房改造不知道等到猴年马月了……”

风水先生说：“老校长，你不知道，这个主意还是马副县长给出的呢。”

大玩家

提到徐达，小城收藏界的同行都会说："人家徐达嘛，大玩家。"听那口气，绝对没有羡慕的意思，明显带着嘲讽的意味。

别人玩收藏都是专注一个领域，或玉石，或字画，或陶器，或织绣，等等，徐达什么都爱。城南有个古玩市场，徐达去溜达了两趟后，开始往乡下跑，专去那些交通不便的偏远山村。他说，越是这些地方，越有货真价实的东西。按说，他的思路不错。他三天两头往乡下跑，昨天去收一个瓷碗，今天去收一个烟袋。其实，他都看走眼了，收回来的全是假货，没有一样真货色。他还不听劝告，固执己见，乐此不疲。也就难怪同行们耻笑他了，说"大玩家"那是高看他，私下都叫他"棒槌"。

徐达原是搞建筑的，说得更直白一点儿，开发房地产的。过了六十岁生日，他就把公司交给儿子徐全打理，转行到收藏上来了。他这些年赚了不少钱，可能想搞投资哩。熟悉徐达的人，包括他的家人也都这么认为。

走眼一次可以理解，连续走眼就有点儿不正常了。有人告诉他儿子徐全。徐全满不在乎，说老爷子有事做，精神足足的，爱咋咋吧。

这天是个星期天。徐达打算到靠山屯去一趟。靠山屯是全省有名的贫困村。牛犇提出跟他一起去，到靠山屯看看景致，潜台词是去给徐达掌眼。牛犇是徐达在收藏界认识的朋友，搞收藏多年，是个行家。徐达不忍拂了人家的一番美意，就答应了。于是，两个人开一辆车出发了。到了镇里，因为道路不通，两个人就步行十几里到了靠山屯。

像是鬼子进村似的，他们挨户挨门去看。徐达不是直截了当问人家家里有没有古董，而是问人家家里几口人，一年打多少粮食，顺便这里瞅瞅，那里瞧瞧，仿佛乡镇干部下乡访贫问苦似的。对待这一点，牛犇挺佩服徐达的，干这行忌讳直奔主题。

他们走进了老栓家。老栓住的还是祖辈留下的两孔土窑洞，前脸用石头砌了一下。院子里搭了个草棚子，垒着一个黑乎乎的灶台。家里弥漫着一股浓重的中草药的味道，不时从窑洞里传来一个女人的咳嗽声。

来了客人，老栓激动得不行，忙用袖子把院子里的石凳子胡乱抹几下，然后抓把柴草要给两人炖鸡蛋茶。徐达忙拦住了，他知道，两个鸡蛋说不定就是这一家人两天的开销。老栓便进屋捧了一捧核桃出来，滚满石桌子，让他们砸着吃。

通过交谈，徐达得知老栓的老伴卧病在床，常年吃药，闺女在郑州上大学，一家人靠低保维持生计。

牛犇叹了口气，看了徐达一眼，从自己口袋里掏出两张百元的票子给老栓。老栓慌乱地摆着双手，说什么也不要。

“你以为你是乡长？”徐达开玩笑地对牛犇说，“杯水车薪，有何用？”

牛犇说：“勿以恶小而为之，勿以善小而不为。”

老栓不明白两个人嘀咕的是什么，搓着两只手嘿嘿直笑。

徐达的眼睛像探照灯似的，这里瞅瞅，那里看看。他看到墙角放着一块光溜溜的鹅卵石，便走上前，先是用手扫了一下表面的灰尘，然后找块破布认真擦了擦，左瞧瞧，右看看，像是遇到了宝贝。

“一块腌酸菜的破石头，有啥看头？”老栓都不好意思了。

“玉石啊。”徐达像是说给老栓听，也像是自言自语。

牛犇忙走过去，看了石头一眼，便对徐达使了个眼色，意思是你看走眼了。

徐达不理会牛犇的好意，对老栓说：“老乡，这块石头您能匀给我吗？”

真的是玉石？老栓不敢相信徐达的话，但他看出徐达想要这块石头，便说：“呵呵，您想要就拿走吧。”

“一刀穷，一刀富，一刀穿麻布。”牛犇自言自语道。他是在暗示徐达，事关重大，不能草率。

徐达也知道牛犇的意思，还了一嘴："神仙难断寸玉呢，何况你又不是神仙。"

真是好心当成驴肝肺。牛犇气得真想踢徐达两脚。

徐达对老栓说："这件玩意儿我拿了。十万元。"

"这，这……"老栓不知道如何是好。

"嫌少？"徐达问道。

老栓忙说："一块石头，不值那个价，不值那个价……"

徐达抱起石头走了，丢给老栓一张十万元的支票。

等到老栓回过神来，两个人已经翻过了山岭。

牛犇忍不住说道："徐总，你交的学费还少吗？明明就是块破石头，你怎么跟捡了漏似的？玉石因硬度低，敲击时声低沉，有若击木……"

"我知道，这就是块普普通通的石头。"徐达说罢，把怀里的石头扔了，眼看着它咕噜噜滚到了山下。

牛犇被滚落的石头惊醒了！他这才明白，真正看走眼的是自己。

回城后，牛犇忍不住嚷嚷了出去。当地媒体要推选徐达为"年度十大慈善家"之一。徐达谢绝了，他说："我是收藏家，不是慈善家。"

徐全也赞成老爷子的观点，说："我爸是收藏家，不过，老是看走眼，没办法。"

对于徐全的说法，牛犇又不明白了，说："既然是收藏，也得弄两件真家伙啊？"

"老爷子若收来的都是真品，我，还有家人，晚上能睡个安稳觉吗？"徐全淡淡一笑。

知父莫若子，看来此话不假啊。牛犇彻底服了。

从此，提到徐达，收藏界的同行都会由衷地说："人家徐达，那是大玩家。"听那口气，满是钦佩，满是敬仰。

家　训

嗨，真是不当家不知柴米贵，不当官不知事务多。钟鸣坐上县环保局局长的位置不到一个月，才知道官不是那么好当的，有些事情不是你想象的那么容易。譬如，南岭化工厂废水排放不达标，周围村民意见很大，钟鸣调查后得知情况属实，要求南岭化工厂立即停产整改。这边刚放下电话，那边电话又响了，是县里边一个领导打来的，说南岭化工厂是县里的纳税大户，不能停产。钟鸣不能不听。当天晚上，他还接受了南岭化工厂厂长的宴请，收取了一个五万元的红包。红包现在就躺在钟鸣办公室的抽屉里，一直没动。在他看来，那红包就是个定时炸弹，不定什么时候炸响呢。他心里边乱得像一团麻，理不出个头绪。他推掉一切应酬，这个周末，就是明天，打算回老家一趟，放松放松。

电话打通了，是爹接的电话：“鸣，明儿个回来？啥事？没事？别忘了，七不出门，八不回家……就这，我挂了。”爹的话音里透出一股拒人千里之外的气息。

钟鸣哭笑不得，心说，我的娘哎，都啥年代了，还这么迷信。在他很小的时候，父母就教育他，七不出门，八不回家。说这是老祖宗留下的话，要他铭记终生，传给下一代。长大后，钟鸣才明白，这就是他们家的家训。平时在单位，好多同事都晒他们的家训，说是晒，其实是炫耀。对于他们家的家训，钟鸣一直羞于启齿。心说老祖宗真是没文化，要制订家训也得有点儿档次啊。看看人家曾国藩留给后人的家训：家俭则兴，人勤则健；能勤能俭，永不贫贱；再看郑板桥的：流自己的汗，吃自己的饭，自己的事情自己干。靠天，靠地，靠祖宗，不算是好汉；再看纪晓岚的四戒四宜：一戒晚起，二戒懒惰，三戒奢华，四戒骄傲，一宜勤读，二宜敬师，三宜爱众，四宜慎食……哪一家都比自家的强啊。

钟鸣还有一点不明白，自家的家训有什么好？村里好多人咋都拿来用呢？记得邻居一位大爷是这样解释的，阴历逢“七”的日子，如初七、十七、二十七，家人是不能出远门的；阴历逢“八”的日子，如初八、十八、二十八，常年在外的人是不能回家的，要错开这个日子，否则，家里会遭不测的。至于什么根据，那位大爷也说不清。钟鸣曾问过娘，娘也闹不明白。他没敢去问爹，他自小就怕爹，有事都给娘叨咕。

钟鸣看了看日期，明天是六月初八。他想好了，不管家训那一套，回家。常回家看看不是随便唱唱就得了，要付诸行动。

第二天，钟鸣开上车直奔老家。

见到钟鸣，爹阴着脸，没有理睬他，反倒是娘，有一点儿小激动，更多的是不自在。

钟鸣抽出一根烟递给爹，爹看了看，没接，掏出自己的旱烟袋，吧唧一声，一团烟雾把自己核桃般的脸淹没了。

“爹……”钟鸣期期艾艾叫了一声。

“不让回来，咋回来了？”爹闷声闷气地说。

娘看了看儿子，看了看老头子，说：“鸣儿难得回来一趟，别……”

“你知道啥？！”爹横了老伴一眼。

娘不吭声了。在爹面前，娘就是老鼠遇到了猫。

钟鸣看不下去了，忍不住说道：“爹，七不出门，八不回家，都是老皇历了……”

“放屁！”爹挥了下烟袋，差点儿打到钟鸣头上。

钟鸣吓了一跳。小时候，他没少挨过爹的烟袋。自从他考上大学，直到参加工作，爹没有打过他。今天是怎么啦？怎么发这么大的火气？

娘瞪了老头子一眼：“有话好好说，别犯驴脾气。”

钟鸣也说：“爹，我有啥做得不对，您说嘛。”

爹喘着粗气，不满地瞟了钟鸣两眼，说：“七不出门，八不回家，是咱家的家训。以为你知道其中的意思，看来你还是糊涂。七指的是柴、米、油、盐、酱、醋、茶七件事。在过去，办这七件事，完全靠家里的男人。就是说，你要出门可以，必须先把这七件事办好，否则，就不要出门。八指的是孝、悌、忠、信、礼、义、廉、耻这八件，是做人的根本，人生的八德。这八件事没有做好，是极不光彩的，就不要回家丢人现眼、连累家人……你想想，我为啥不让你回来。”

钟鸣恍然大悟，这才明白家训的含义，才知道他的所作所为爹都了如指掌。

爹说："当官不为民做主，不如回家卖红薯。当官就得心里有百姓，那个化工厂效益再好，若对老百姓造成危害，就得治理，就得关闭！”

钟鸣心里一下子亮堂起来，知道自己下一步该怎么做了。

门卫老张

老张是个门卫。准确地说，是在银河建筑公司的工地上看大门。比起工地上那些搬砖、和砂浆的活路，这个算是比较轻松的了，也不需要什么技能。好多人争抢这个岗位，公司一把手焦大头似乎认准了老张，谁也不给。老张虽不知道士为知己者死，却也很珍惜这份工作，一年三百六十天都守在那个房子里，多年来，半块砖头也没少过。

老张有一个爱好——喝酒。酒，几块钱一瓶的就中，菜，一盘咸菜也能将就，真没有，也无所谓。焦大头数落他几次，他嘴上答应，私下还偷偷喝，要不怎么说“狼改不了吃肉，狗改不了吃屎”呢。有天晚上，他的酒瘾犯了，偏偏屋里没酒，他知道哪轻哪重，没敢跑出去买酒，就把床底下的酒瓶子拿出来，兑了少半瓶水，挨个瓶子涮了涮，最后把涮的“酒水”

倒在酒杯里，硬是一口一口地抿了。当时你要在现场，看他那陶醉的样子，还以为他喝的是茅台呢。

还别说，老张真有喝茅台的机会。有一次，工地周边，也就是城中村的一个村民，其实人家更愿意别人说他是市民，答应给老张弄两瓶茅台，交换条件是，老张晚上听到响动，要装聋作哑。老张想都没想，就一口拒绝了。焦大头知道这件事后，给老张提了两瓶茅台。老张没要。焦大头说："这酒不假。"老张说："我怕喝出甜头来，买不起啊。"不过最后，老张还是接受了这两瓶酒，他一直没舍得喝，说再回家时，要给乡下的老爹捎回去。

一起出来的工友说，老张因为爱喝酒，受不了老婆的唠叨，才出来打工的。有一回他在外面喝酒了，老婆吵他，说："又喝得半醉吧。"他说："是，是，是，今儿个我没喝到位，明儿个继续喝。"还有一回，他喝多了，老婆不让他进门。他信誓旦旦地承诺，保证以后手不再碰酒杯了，老婆才放他进屋。第二天晚上，老张又喝上了。老婆说："说话咋跟放屁似的，你不是说手不碰酒杯了？"他狡黠一笑，朝老婆招了招手，老婆这才发现他戴着手套呢。

闲话少叙，言归正传。这天晚上是大年三十，工地上的人都放假了，只有老张一个人坚守着岗位。大约晚上九点钟，两个黑影悄悄靠近了工地。他们白天已经踩好点了，看到老张一个人从外面拎了两瓶酒，提了几个菜。两个人猜测，晚上老张肯定要喝酒，打算趁老张喝晕乎的时候，进去行窃，即便被老张发现，他们也不怕——两个人还对付不了一个人？

两个黑影踅摸到门口，由于屋里拉着窗帘，看不清屋内的情形，只能听到屋内的声音，除了春晚的声音，还有“画外音”：

五魁首啊。

六六顺啊。

哈哈，老杨，你输了。

老五魁会中？

老杨你喝。

你不会？

大过年的，喝吧。

喝不了，我等下替你。

开始，满堂红啊。

四季财啊。

哥俩好啊。

哈哈，老杨，这回我输，我喝。

咱们今天就一瓶，不能多喝。

来，继续。

好上好啊……

两个黑影对视一眼，他们知道，屋里的人在划拳行令。

听着屋里热闹的声音，两个黑影傻眼了，屋里明显是两个人在喝酒——除了老张，还有老杨！两个黑影不敢轻举妄动，犹豫片刻，便悄悄撤退了。

两个黑影不知道，屋子里就老张一个人，桌子上放两个酒杯，老张左右手同时出拳，因为是一个人，不管哪个输赢，都是他自己喝了。老张这样做，一来是图个热闹，大过年的，没点儿气氛会中？二来，他也是想老伴了，他嘴里叫的老杨就是他的老伴。

从监控中看到两个黑影远去，老张抿了一口酒，说："鳖孙，我喝多了都比你们清醒。不怕打折你们的狗腿就来试试。"说罢，瞄了一眼墙角竖着的那根钢筋。

认　亲

那天，龙飞和妻子文静正在观看中央电视台的大型公益节目《等着我》。看过这个节目的人都知道，这是一档寻亲节目，就是失去亲人的家属提供线索，由社会各界力量帮忙寻找。其中一大部分因为线索充足，加之现代化手段，以及志愿者的倾心投入，最终都能够找到；也有一小部分，因为年代久远，蛛丝马迹都没有，希望就成了泡影。

当时电视上出现一个大叔，他来自四川农村。四十多年前，他们七个月大的儿子丢失了，找了几十年也没有找到。男人姓陈，他对主持人倪萍说，当时他们两口子在山腰的一块田里刨土豆，儿子在田边的竹篓里睡觉。两口子干了半天活，到田边去歇息时，才发现儿子不见了。这么多年，两个人辗转全国各地，每到一个地方，打上半年工，然后再赶往下一个地方，赚钱是次要的，主要是为了找儿子。他们常年在外，老家几乎很少回去，最近从老家传来消息，说家里的房子已经坍塌了。十年前，因为思念儿子，老伴的眼睛哭瞎了；五年前，老伴病逝了。

陈大叔只有六十来岁，看上去却像是七八十岁的人了。他虽然一直平静地叙述着，却是一脸的无助。看得出，他强烈压抑着心中的悲伤。

很显然，他老了，希望在有生之年找到儿子，自己也老有所依、老有所靠。

可是，大家都能看出来，陈大叔给出的线索太少了，他的儿子没有找到的可能。

龙飞鼻子酸酸的，文静也用纸巾擦拭着眼角的泪水。

倪萍对陈大叔说："你还记得儿子长什么模样吗？他身上有没有特别的特征？"

陈大叔说："我只记得他小时候的模样……他的脸上有块特别明显的胎记。"

龙飞和文静对视一眼。

龙飞摸了摸自己脸上的胎记，看着文静，迟疑了一下，说："我，我是不是该去认亲？"

"应该去。老人家太可怜了。"文静点了点头，鼓励龙飞。

龙飞说："要不要和萌萌商量一下？"萌萌是他们的儿子，在大学读书。

文静说："不用商量，给他解释一下就中。再说，他小时候就一直要爷爷，现在爷爷回来了，他应该高兴才是。”

就这样，龙飞联系中央电视台节目组，声称自己就是陈大叔的儿子。节目组喜出望外，急忙联系双方见面。

陈大叔见到龙飞那一刻，愣怔了好半天，似乎不敢上前相认。

瞅着陈大叔，龙飞心里刺疼刺疼的。陈大叔的头发都已经花白，像是落了一头的雪。可以想象，为了寻找儿子，老人家饱受了怎样的磨难。

龙飞说："爹，我是您儿子啊。”说罢，上前抱着陈大叔，眼里的泪不由得流了出来。龙飞一边哭一边诉说自己寻找生身父母也找得好辛苦，说要不是看电视，真不敢相信这辈子还能见到父亲。

陈大叔也落泪了。他颤抖着手，抚摸着龙飞的肩膀，呜呜地哭起来，鼻子一把泪一把的。

后来，龙飞就把陈大叔接回了家里。龙飞在城里开店，经营五颜六色的布匹，买的房子也在城里。陈大叔勤快，龙飞不让他去店里帮忙，他就在家里忙活，没事干了，就去拖地板，有时一天拖三四遍，都能照出人影来。

儿子找到了，也有了家，陈大叔好像一下子掉进了福窝里。

萌萌从学校回来，一家三代更是其乐融融，家里边充满了温馨。

二十三年后，陈大叔的生命走到了尽头。弥留之际，他拉着龙飞的手说："孩子，谢谢你！其实，你不是我的孩子，他脸上的胎记在左边，你的在右边。当时，看你哭得那么伤心，我也就认了。”

龙飞说：“爹，我知道我不是您的儿子，因为在我两岁的时候，父母先后病逝了……看到您无依无靠，我和文静商量后就认您了。”

陈大叔粲然一笑，蠕动着嘴唇，还想说点儿什么，眼睛一闭，再也没有睁开。

萌萌得知真相后，写成故事放在了网上。陈大叔的老家人看到这个故事，就在后面留言说，当年老人的儿子被狼叼走了，害怕老人知道真相挺不过去，村人就隐瞒了事实，都说是丢了，是为了让老人心存希望，活下去。

竹子开花

过了破五，爸爸就要出门了。

媛媛和妈妈送到大门外，三个人的脸上一律挂着依依不舍的表情。媛媛知道，爸爸这一出门，好长时间才能回来，她牵着爸爸的衣角，小声问道："爸，你啥时候回家啊？"

怕啥来啥，爸爸最怕她们问这个问题了。他心一酸，轻轻抚摸了一下媛媛的头发，抚摸到媛媛头发上别的牡丹头花，瞅着院子前面的竹林，说："等、等到竹子开花的时候我就回来了。"

听到这话，妈妈嗔了一眼爸爸，动了动嘴唇，却又什么也没说。

媛媛兴奋地跳起来。她知道，年过完，春天马上就要到了，爸爸很快就会回来。因为，好多好多的花都是春天开的，竹子也一定是。

爸爸走后，媛媛就天天去竹林里看，看看竹子有没有开花。

看着看着，春天就到了。迎春花开了，一小朵一小朵的，黄灿灿的，煞是好看。媛媛走到竹林前，竹子一如既往的青枝绿叶，她左瞅右寻，瞅不到花蕾在哪里。妈妈正在竹林里砍竹子，说："媛媛，早着呢，好多花都还没开呢。"

媛媛就四下看看，果真是这样，山坡上，地堰边，只有一丛一丛的迎春花，她的心思也就不那么急躁了。

桃花开了，杏花开了，梨花开了，槐花开了……竹子还是没有开花。媛媛急得问妈妈："妈妈，竹子咋还没有开花？"

看着媛媛要哭的样子，妈妈就柔声说道："菊花不是还没开？还有蜡梅，都还没开呢。"

媛媛还小，不知道菊花开在深秋，蜡梅开在冬天，便似懂非懂地点了点头。

媛媛怕错过了竹子开花，还是坚持每天到竹林前观看，一天，一天，觉得日子是那么的漫长。实在闲得无趣，媛媛就去看妈妈编制竹筐，农闲时节，妈妈就干这个，遇到集日便挑去兜售。妈妈先把竹子劈成一缕一缕的竹条，然后再用竹条编制竹筐。那些竹条在妈妈手里来回摇曳，左转右旋，蜿蜒迂回，不到半天工夫，一个棱角分明的竹筐就编好了。妈妈的手有时会被竹刺扎破，鲜血直往外冒。妈妈也不哭，用唾沫吐两口，蘸些泥土，然后继续编筐。

看着媛媛惊讶的样子，妈妈说：“泥土就是药。”这话媛媛相信，因为爸爸出门前曾挖了些院子里的泥土，说是治病用。

到了秋天，菊花开了，竹子还没开花；到了冬天，蜡梅开了，竹子还是没有开花……媛媛说不出有多沮丧，觉得妈妈骗了自己。

这时候，媛媛收到爸爸给自己寄来的一包头花，好多个呢，有牡丹花，有菊花，有荷花，多啦。若在往常，媛媛会高兴得大呼小叫，这次没有，她知道，爸爸肯定是不回来了。不但妈妈骗了自己，爸爸也骗了自己。她咧了咧嘴，“哇”的一声哭了。

妈妈觉得不能再继续欺骗媛媛了，就给媛媛说了实话。她说：“媛媛，竹子很少开花的。竹子若是开花，说明它就要死了。”

媛媛眼泪也顾不上擦，瞪大眼睛瞅着妈妈。

妈妈说：“你爸在外也不容易，工资开得不及时，我要是不编筐，平时的零花钱都没有。这片竹林就是咱家的摇钱树，你希望它们开花吗？”

媛媛就使劲摇了摇头。妈妈用竹子编筐，换来的钱给她买衣服、玩具、饼干。有时，妈妈还用竹笋炖肉给她吃呢。

妈妈叹口气，把媛媛揽在怀里，拿手轻轻去拭她眼角的泪花。

第二天，因为天冷，妈妈就在屋子里编筐。忽然听到媛媛在院子里叫道：“妈妈，妈妈，你快出来，竹子开花了。”

妈妈心里一惊，忙跑了出来。到了竹林前，她看到竹枝上果然有不少花——牡丹花、菊花、荷花……那是爸爸给媛媛买的头花。

妈妈憋着眼里的泪，连接了几次，才接通爸爸的微信，把手机的摄像头对准了那片竹林。

看到竹子上飞舞的头花，爸爸身子一颤，差点儿从脚手架上歪下来。

木匠张

说起木匠张，方圆几十里没有人不知道的，提到他的本名，怕是知道的人没有几个，故此，本文也不再提及。

行内的人都晓得，木匠有圆木匠和方木匠之分。圆木匠，指专门制作圆形木桶的木匠，就是人们常说的箍桶匠；方木匠，就是制作桌子、柜子等方形物件的木匠。木匠张属于圆木匠。过去，金属材料紧缺，塑料制品尚未问世，各式各样的圆木桶是每个家庭必备的工具和用具，如水桶、粪桶、马桶、饭桶、洗面桶、洗脚桶等。木匠张跟其他圆木匠不一样，不是什么都做，他只做洗脚桶。

当初拜师时，师傅问过木匠张，问他为啥要当圆木匠。他没说圆木匠技术比方木匠高，却说圆形的东西没棱没角，即使小孩或老人碰到，也伤不到哪儿去，圆形寓意团圆、圆满，吉祥。师傅想想，还真是那么回事儿。师傅又问他为啥只做洗脚桶，他说手艺人不能贪多，一辈子能做好一件事就不错了。再者，老话讲，天天吃只羊，不如洗脚再上床。洗脚关系到每个人的健康，洗脚桶不愁没人要。师傅一下子就喜欢上了木匠张，把平生所学悉心传授给了他。

圆作讲究质量，木匠张在选择木料时非常挑剔，一般选用质地比较软的杉木，而且还得没有虫洞、树结。买回来的木料要在阳光下晒一个月，做成后还要晒上两天再出手。他说，这样做出来好看，也不容易漏水。他做的洗脚桶都是腰鼓形状的，上下一般大，中间是凸起的，不但精致，还结实。他不用笔计算，全靠脑子，每一块木板的制作都是一次到位。他制作时会根据不同的顾客做出不同的产品。如果是给孩子做的，他会做得浅一些，外面刻上动物的图案，如小鱼；如果是女孩，图案就是花卉一类的，如牡丹；如果是腿长的人，他会把盆做得深一些，等等。别人做一个洗脚桶，一天就好了，他少则三到五天，多则十天半月。尽管如此，并不影响他的生意。当时，其他木匠大都是挑着一副装满工具的担子，走村串巷。木匠张呢，不出门生意就来了。

老父亲死后，亲戚朋友，包括左邻右舍，都以为木匠张会亲手做个寿材（即棺材）。他没有，而是请了他两个小师弟过来。两个小师弟是方木匠，专做寿材的。自然，寿材做得无可挑剔。尽管师弟不愿意，木匠张还是塞给了人家一个大红包。

事后，木匠张无意间说起这事，说请方木匠是对父亲的尊重，给人家报酬是对手艺人的尊重。

木匠张还真有眼光，直到八九十年代，好多木匠都失业了，特别是那些方木匠，因为都流行组合家具，美观，华丽。他的那两个做寿材的小师弟也改行，因为都改用骨灰盒了。唯独木匠张，营生依然红火，因为是纯手工，不使用合成板，也不用气枪钉、木胶、油漆之类的玩意，连接木条依然用的是竹钉，很环保，还有，现在的人更注重养生，知道了洗脚的好处。

那天，本村的大奎找上门来，定做一个洗脚桶。大奎搞建筑，在省城玩了几个楼盘，发了点小财，牛得不行。

大奎说："张叔，这是送人用的，好好做。"

"这话还用你说？"木匠张脸一沉。

大奎知道自己说错了，忙给木匠张赔不是。

木匠张这才缓了脸色，说："大奎，若是做得不好，我自己就拿斧子劈了当柴烧。"

大奎说："张叔，我还有个条件，能不能在桶外面刻个贵妃出浴图？"

木匠张皱了一下眉头。

"价钱好说，我给您双倍的价钱。"大奎说着要从口袋里掏钱。

"凭啥？就凭你有钱？"木匠张乜斜了大奎一眼，很是不屑。

大奎讪笑了一下，手又从口袋里出来了。

“刻啥图案，关键看这桶你给啥人送的，若是老人就不合适了。”木匠张也不看大奎，自顾自地说道。

看到木匠张松口了，大奎心里一喜，忙说：“这盆是给小丽送的。”

“小丽？小丽是谁？你家媳妇不是叫孙娟吗？”木匠张虽然上了年纪，眼睛亮闪闪的，聚光着呢。

大奎知道自己说漏了嘴，忙解释说：“小……小丽是我的一个朋友。张叔，这事您别跟孙娟说。”

“好事不避人，避人没好事。”木匠张不紧不慢地说道。

大奎没再犹豫，从口袋里掏出一沓钱，晃了晃，说：“张叔，这是一千块。”一千块，一个洗脚桶！当时，洗脚桶的价格是两百元。

“我不稀罕！你走吧。这个桶我做不了。”木匠张变了脸色。

大奎清楚木匠张的脾气，知道说得再多也是自取其辱，转身灰溜溜地走了。

大约两个月后，大奎的楼盘因质量问题出事了，他进了监狱。

木匠张听说后，便花了八天时间制作了一个洗脚桶，外面刻上一个大肚子、笑眯眯的弥勒佛，然后来到大奎的老家，把洗脚桶送给了大奎的老娘。临走，他要了老人家两个鸡蛋。他说，这是规矩，不能破。

猴 精

侯乡长到任后，推掉一切迎来送往，把所有的材料报表搁置一边，带上秘书小吴到各村调研。来到龙湾村后，看到村民们还没脱贫，住的还是茅草房，吃的还是腌萝卜，侯乡长心里就很不是滋味。村主任老周也早从其他渠道得知侯乡长是个干事的人，忙不失时机地哭穷，说："侯乡长，都改革开放这么多年了，俺村还是闺女穿她娘的鞋——老样子，您得给想个法子啊。"

那是，当官不为民做主，不如回家卖红薯。侯乡长笑了笑，看着一望无际绿油油的麦田，换了一下口气，说："大家一起想办法。咱龙湾村一马平川，不能说没有优势。不能老是种传统农作物，可以搞点其他的嘛。"

老周说："侯乡长，村里的老少爷们儿不是没想过办法，关键是妮儿穿她娘的鞋——钱（前）紧。”

侯乡长敛起笑容，点了点头。

老周想了想，斗胆说道：“侯乡长，您看，能不能给咱村弄点儿资金？”

没等侯乡长说话，小吴插嘴说：“咱乡底子薄，财政上还是赤字，外面塌了不少账，银行对咱们也不感冒，想贷款几乎不可能。”

“那、那……”老周一脸失望，那样子像是饥肠辘辘的人捡到一个烧饼，仔细一看，原来是画在纸上的。

“常言说，要想富，先修路。老周，咱就先把路修修？”侯乡长眉毛一扬，不错眼珠地盯着老周。

老周张了张嘴，嗫嚅道：“侯乡长，村里不有路吗？”

“在耕地上修路，东西一条，南北一条，双向六车道……等到路打通再说上项目的事。”侯乡长指了指眼前的麦田，似乎很有信心。

老周看着周乡长的脸，小心翼翼地说道：“侯乡长，村里一分钱没有，咋个修法？”

“侯乡长，乡里也没钱啊，怎么修路？”小吴也紧接着说道。新官上任三把火。他担心侯乡长脑子一热不顾一切。

侯乡长信心十足地说：“这个你不用管，我自有办法。”

“侯乡长，将来打算上啥项目？”老周虽然不明白，但心里还是松了口气，他知道侯乡长肯定为龙湾村规划好了，要不然绝不会贸然提出修路。

“我还没想好，不过，建工厂还是搞房地产，也不是没有可能……你要保密，不能乱说。现在的老百姓，猴精猴精的，不得不防啊。”侯乡长说罢，对老周挤了挤眼睛。

侯乡长是个雷厉风行的人，隔了两天就派人到龙湾村规划线路，一望无际的麦田里，麦苗刚露出头，几道石灰线很是显眼。

这下子，龙湾村热闹了。

村里的老少爷们儿也不傻，看到耕地被圈了起来，知道政府要修路，忙聚在一起商量。有的说弄大棚，有的说种树，有的说建厂子……经过权衡利弊，最后决定种树，种果树。主意一定，立即行动。他们都把多年的积蓄拿出来，又借贷了一部分，派几个人去邻县的果树培育基地采购了几货车果树苗，有核桃、苹果、鸭梨……随后，开始在自家的田地上挖坑栽树。这些村民们知道，乡里要修路，就得刨树；要刨树，就得给村民补偿；要补偿，果树不同于一般的树木，补偿少了还不行！否则，就不同意乡里修路。

刚开始，是那些土地即将被占用的村民种果树。后来，那些土地没被占用的村民也种上了果树，因为路一旦修通，接下来就该规划他们的土地了。呵呵，短短半个月，龙湾村的土地都种上了果树。真应了侯乡长的话，现在老百姓头脑不简单啊。

侯乡长得知消息，赶紧到龙湾村查看。当他看到一片片果林如雨后春笋般立在龙湾村时，一下子惊呆了！

老周不敢看侯乡长，也不知道该如何解释。

“哼！”侯乡长从鼻孔里哼了一声，对老周说，“没事的，村民们只是做个样子，要不了多久，这些果树就得干枯……到那时再修路吧。”

当然，老周还是跟村民贴心，把侯乡长的话复制粘贴给了村民们。

村民们不敢怠慢，为了得到更多的补偿，精心伺候那些果苗，浇水、施肥、打药，很是精心。

两年过去，乡里一直没提修路的事。

从第三年开始，龙湾村的果树开始开花、挂果了。村民们不敢怠慢，日夜守护，该浇水浇水，该施肥施肥，该打药打药。用老周的话说，比待自己的儿孙还用心。

城里的水果贩子得知消息后，趁着果子没成熟，就来签了包销合同。

等到那些大车小车来拉水果的时候，侯乡长来了。看着一筐筐苹果、鸭梨被装上了车，他的脸上掠过一丝不易察觉的微笑。

“侯乡长，啥时间修路啊？”老周又旧事重提。

侯乡长呵呵一笑，说：“老周，现在还用再修路吗？把这些果树砍了，乡亲们还不把我骂死啊？”说罢，他抓起一个苹果，“咔嚓”啃了一口，津津有味地吃起来。

“你看，你看，我真是老糊涂了！”老周愣了愣，然后拍打了一下自己的脑袋。

火眼金睛

大高是河洛地区远近闻名的杂技演员。一般杂技演员都有绝招，否则，难以在这个行当里混，一招鲜，吃遍天嘛。可能大家都看过“口中喷火”的杂技，演员嘴里能喷出长长的火龙，或一团一团的火球。大高早就不玩这个了。按他的说法，这个是初级的，他玩的是眼中喷火，两股火苗从眼睛里喷出，像两条火蛇一样，而且，不是直线飞射，带拐弯的，像是舞蹈着的火龙，想想就精彩、刺激。当初，这个杂技没名字，传得久了，大家就叫它“火眼金睛”。

大高有个徒弟叫阿三。说是徒弟，其实就是个打杂跟班的，跑跑腿，搬搬道具。阿三一直想学习“火眼金睛”，这也是他当初拜大高为师的原因，大高没有答应。问的次数多了，大高就告诉阿三，说眼里喷火是所有火术表演中最危险的，演员必须具有高超的技艺，竭尽所能去保证自身和周围观众的安全。因为表演过程需要火焰、易燃物和有毒燃料的参与，一不小心非死即伤。

这话说得语重心长，阿三却不以为然，以为大高自私，担心“教会徒弟，饿死师傅”，跟老辈子那些师傅一样，都要留一手。

离了王屠夫，不吃带毛猪。阿三耳濡目染，加上偷偷观看师傅练习，也学得八九不离十。私下里，阿三瞒着师傅练习。阿三练习的时候，没有使用燃料，他倒不是怕危险，怕被师傅发现，就用水来替代燃料练习，练习的重点是如何控制喷射的方向和连贯性。

这天，阿三的父亲老树来看望阿三。阿三正在配燃料（这个配方大高倒没有隐瞒，每次表演都安排阿三配制），当晚有一场表演，阿三不敢怠慢。老树看到地上滚落的空酒瓶，顺嘴问道：“用酒代替燃料？咋不用汽油和酒精呢？”阿三说：“师傅说过，汽油和酒精是最危险的，千万不能使用，一不小心就会烧伤演员。”

老树问阿三：“你还没学会‘火眼金睛’？”

阿三哀怨地说：“他不教我。”

老树叹口气，好久，才恨恨地说：“当年我送你到这里，就是为了学习这个独门绝技。”

阿三说：“我偷偷学着呢。”

“阿三，阿三。”前台大高在喊。

“来了师傅。”阿三应答着出去了。

大高说：“阿三，今天晚上你表演‘火眼金睛’。”

“师傅，我，我……”阿三有点儿不自然，莫非师傅知道自己偷学的事？

大高没有兴师问罪的意思，拍了拍阿三的肩膀，说：“今天不是你老父亲来了吗？你就好好给他老人家表演一番，我知道你能行的。不用慌张，我给你当助手。”

“师傅……”阿三的不自然很快被感动代替。

接下来，大高就给阿三讲解了几个要点，然后鼓励他上台表演。

就这样，阿三几个跟头的热身之后，开始正式表演“火眼金睛”。

没想到，两股火苗刚从阿三的眼里喷出，只听阿三“啊”的一声倒在地上，不停地翻滚——阿三的两只眼睛着火了！

大高明白过来后急忙扑火。后来，阿三被送往医院，性命无忧，两只眼睛给烧毁了。

阿三的父亲老树要到官府告大高。大高求情道：“阿三残废了，今后怎么生活？不如让他跟着我，我保证一辈子照顾他，并教他几个能够养活自己的杂技。”

老树想了想，也就答应了。

后来，师徒两人无意中说起那次意外。大高说：“那次燃料被人更换，添加了汽油。”

阿三大吃一惊，气愤地说：“师傅，果真如此？您怎么不报官啊？”

“没有证据，报官也没用。”大高说罢，长叹一声。

其实，大高已经猜测到，那次从中做手脚的是阿三的父亲老树，害怕自己吃官司，来了个恶人先告状。大高知道，一旦猜测被证实，老树的牢狱之灾是免不掉的。阿三呢？他如何接受这个现实？所以，大高没有报官。

有一次回家，阿三跟父亲老树说起这事。老树默了半天，才说：“阿三，一日为师，终身为父。以后你要好好待你的师傅！”

阿三懵懂地点了点头，感觉这天父亲跟往常不一样，有点儿怪怪的。

不过，自从阿三的眼睛失明后，大高再没表演过“火眼金睛”。乃至到了今天，这门杂技也就失传了。

国　歌

2006年11月21日。

南太平洋岛国汤加。

努库阿洛法机场候机大厅挤满了各种肤色的人，从他们叽里咕噜的声音上，可以分辨出他们来自世界各地，有美国人，有中国人，有朝鲜人，有菲律宾人，至少有一二十个国家的人。有的默默流泪，有的号啕大哭，有的瑟瑟发抖，他们的脸上一律挂着惊恐、不安。时不时从外面传来炮弹爆炸的声音，更加剧了他们的无助和绝望。

因宪政改革分歧引发骚乱，汤加首都努库阿洛法的政府机关和商业场所遭到上千名暴徒的冲击，市中心大部分建筑被毁，店铺被烧抢……各国侨民逃命似的跑到了努库阿洛法机场，希望能乘坐飞机离开这个鬼地方。然而，机场瘫痪，所有航班都处于停飞待命状态，而急着回程的各国侨民却一波波蜂拥而至。

就在大家悲观失望的时候，忽然，一阵由远及近的飞机轰鸣声传来。循声望去，隔着窗户，他们看到一架大型飞机徐徐降落，机身上绘有鲜艳的五星红旗，有“中国国际航空公司”字样——中国的飞机！在场的中国人都叫起来，跳起来，同时，脸上也都稀里哗啦淌满了泪水。

这时候，中国驻汤加大使馆工作人员也气喘吁吁地赶来了，安抚、组织同胞们返回祖国。

因为匆忙，不少人的护照之类的东西都丢失了，无法辨认身份，大使馆工作人员大钟灵机一动，大声叫道：“不要拥挤，一个一个来，会唱国歌的上飞机。”

大钟这么一嚷嚷，有十多个人悄悄从人群中溜走了。可以看出，他们虽是黄皮肤，也会说几句中国话，却是亚洲其他国家的人。

“起来！不愿做奴隶的人们！把我们的血肉，筑成我们新的长城……”每个唱国歌的人一张口，就哽咽着唱不下去了。

一时间，中华人民共和国国歌响彻努库阿洛法机场上空。

听着熟悉的旋律，日本人山本一郎眼珠一转，走过去跟在了队伍的最后面，他要搭乘中国的飞机离开！

轮到山本一郎了，他一点儿也不惊慌，甚至还对大钟说声“您好”，然后张嘴唱开了：“……起来！起来！起来！我们万众一心，冒着敌人的炮火，前进，冒着敌人的炮火，前进！前进！前进！进！”

山本一郎顺利登上了飞机。透过舷窗，看到未上飞机的人绝望得嗷嗷哭叫，似乎要崩溃了，山本一郎心里五味杂陈，感慨万千。接过乘务员分配给他的水、食物和水果，狼吞虎咽后，山本一郎开始闭目养神。说到中国国歌，他要感谢他的父亲。当年，日本战败后，他的父亲留在了中国，准确地说，应该算是“弃婴”。在中国生活的那段日子里，听到当地老百姓经常哼唱《义勇军进行曲》，父亲无意中学会了。后来辗转回国，结婚生子。山本一郎幼年时跟其他孩子一样，免不了哭闹，为了哄他，父亲便随口哼唱《义勇军进行曲》。听着这首激扬的歌曲，山本一郎就渐渐安静下来。山本一郎长大后，学会了日本国歌《君之代》，他才知道父亲为什么不给他哼唱日本的国歌，因为《君之代》是哀悼逝世天皇的挽歌，也就是哀乐。歌中大都是与“死”相关的词语，如“墓石”“苔藓”等，怎么也感受不到喜庆、欢快的味道，很是沉闷和压抑……后来，从亚运会和奥运会的领奖台上，山本一郎，还有父亲，才知道《义勇军进行曲》成了中国的国歌！

中国这架接送华侨的飞机飞越九个国家和地区，航程一万多公里，飞行十个半小时，终于于2006年11月23日降落在厦门机场。

下了飞机，山本一郎心里悬着的一块石头也跟着落下了。他虔诚地跪在地上，用日语念叨了一句：“中国に感謝します（感谢中国）。”他明白，到了中国，就离家不远了。

墨　梅

杨梅是在那次画展上认识隋军的。

举办个人画展，杨梅有着多重的考虑。自己出道多年，并没举办过个展，想拉出来遛遛，是骡子是马；想听听各方面的意见，以便找到自己今后努力的方向。还有一个原因，她想趁此机会找到另一半。她三十好几了，出来进去跟影子相伴，不是说她挑剔，而是没有看对眼的。

画展举办得相当成功，业界好评如潮，被誉为当年画坛杀出来的一匹黑马。画展上展出的近百幅作品，几乎被抢购一空。

对于这个结果，有分析人士分析后给出两个原因，一个是杨梅的题材好。杨梅不画别的，专画梅花。梅花被誉为花中“四君子”之首，也是“岁寒三友”之一，因其所处环境恶劣，却仍在凛冽寒风中傲然绽放于枝头，是中华民族最有骨气的花，是民族魂的代表；梅花除了其傲骨坚韧的品性，还有迎春报春的希望之意，作品雅致，可以当作礼品赠予友人、长辈、领导，也可悬挂于家中客厅调节风水。还有一个原因，就是画家本人，即杨梅长得俊，还是朵含苞待放的花。

杨梅冷静下来之后，也觉得这位分析人士说得有一定的道理。

画展上，一位企业界的成功人士花三十万元购买了杨梅的《喜上眉梢》。该作品以梅花为题材，以“没骨法”画枝干，淡墨挥洒，浓墨点苔，苍古老拙。老干新枝，尽显梅花的峻峭冷香、丰韵傲骨，把昂扬向上、豪放不羁的品质都展现了出来。严寒中，梅开百花之先，独天下而春。枝干上有两只相对而立的小喜鹊，似在喁喁私语，谈情说爱。作品落款《喜上眉梢》，寓意深远，十分贴题。有记者问他原因。他说他喜欢梅花。记者再三追问，他红着脸，翻来覆去就这一句话，再也说不出别的什么来。

还有一个富二代，一下子购买了二十幅。

杨梅心里清楚，这类人除了有钱，别的还真没有。他们不放过任何一个炫富的机会，还有一种可能，那就是喜欢她。

果不其然，画展过后没多久，就有不少人通过各种渠道向杨梅表达爱慕之意，其中就有斥资三十万元购画的企业家和买了二十幅作品的富二代。

杨梅说：“要画好梅花，并不是每个人都能做到的，画梅人还必须有画梅人的品格。”

这句话答非所问，但明眼人都能看出来，这就是拒之门外了。

在那次画展上，杨梅的作品里有一幅《墨梅》，唯一的一幅。因为要迎合市场，这种单一的色调少有人喜欢。这幅《墨梅》是用淡墨画的。搞绘画的人都知道，水墨画中将墨色分为四种，即清墨、淡墨、浓墨、焦墨。这幅作品中，朵朵盛开的梅花，便是用淡淡的墨迹点化而成。

在这幅作品前，一个年轻人驻足良久，最后依照一千元的标价买下了。几乎是下意识地，杨梅撇开围观的同行和记者走了过去，与之攀谈起来。从交流中得知，年轻人叫隋军，在本市审计局上班。

杨梅问："隋先生，您为什么购买这幅作品？"

"不是便宜吗？！"话已出口，隋军感觉自己说得不合适，忙变换了语气，"这幅作品的梅干遒劲苍老，时而带点飞白，极富质感。梅枝虬曲苍劲，有一种饱经沧桑、威武不屈的阳刚之美。梅花枝条多变而有规律，呈现出一种很强的力度和线条的韵律感……欣赏这幅作品，让人感到画家笔下的墨梅像是一位仙风道骨的老者，满身都散发出与风霜雨雪抗争的痕迹或者说印记，达到了一种物我两忘、宠辱不惊的境界。"

"还有吗？"杨梅一脸笑意，如绽开的梅花。老实讲，这幅作品也是她的得意之作。她曾暗想，谁能读懂她这幅作品，便可引为知己。

"还有就是色调单纯，黑是黑，白是白，黑白分明。"

看到隋军一脸的痞子劲儿，杨梅隐隐有些失望，不甘心地又问道：“您打算收藏还是送人？”

“送人，送给我的领导。”

又是一个溜须拍马之人！杨梅心里“咯噔”一下，彻底失望了。

两年后，市里举办廉洁公仆评选，市审计局的局长榜上有名。在接受记者采访时，他说：“我要感谢我的好朋友隋军，是他送我一幅《墨梅》。梅花画得固然好，难得的是他在画上题了两句诗：不要人夸好颜色，只留清气满乾坤。”

不知道为什么，看着电视里熟悉的《墨梅》，杨梅眼泪哗哗的，似有天大的委屈。

约　定

街上冷冷清清的，较之往常，少了许多车辆和行人，各家店铺门口悬挂着的大红灯笼，以及张贴的火红对联，都透着过年的喜庆气氛。

近了，离家越来越近了，他的脚步反而慢了下来。他下意识地四下瞅了瞅，拉了拉遮挡住大半个脸的口罩，没有人注意他，大家都是脚步匆匆，一脸的喜悦，满眼的期待。这一天是大年三十，是回家的日子，是团聚的日子。他心里轻轻叹了口气。

远远地，他看见了自家的阳台。他停下脚步，定睛注视了一下，看到了晾衣架上搭着一件白色羽绒服，一下子，他悬着的一颗心落地了。三年前他跟妻子约定，若是平安无事，阳台上就挂一件白色的衣服；如果风声紧，就挂一件黑色的衣服。

显然，白色的衣服预示着家里没有警察的守候。想想也是的，警察也是人，大过年的谁不想团聚？

他加快了脚步，几乎是小跑着冲进了楼梯，一下子，闻到了楼道里飘荡着的饭菜的香味，有熟悉的，也有不熟悉的，有自家的，也有邻居家的。这些饭菜的香味里，除了年的味道，更多的是家的味道。

他轻轻敲了一下门，门悄无声息地开了，妻子站在门口。他刚要给妻子一个大大的拥抱，仅仅有这个想法，还没有付诸实施，就被从天而降的几名警察给堵上了。

妻子被警察推到了一边。

他明白过来后，一边挣扎一边吼妻子："为什么？"

妻子哽咽道："是黑是白，还需要我说吗？是你不分黑白，能怨我？"

在被警察带走的那一刻，他恨恨地对妻子说："我恨死你了！"

他是某单位的一名财务人员，在单位主要负责人的授意下做假账，致使国家财产损失数百万。事情败露后，他潜逃外边，一直不敢回家。逃亡的日子并不好过，昼伏夜出，吃了上顿愁下顿，日子过得还不如老鼠，若是老鼠，还能光明正大地去垃圾堆里找东西吃，他不敢，也做不到。风刮后又被雨淋，可遭罪啦……他想美美地睡一觉，想吃一顿饱饭，想家，想妻子。去年春节，就偷偷回来了一趟。在家过了几天正常人的生活后（其实也不正常，每天提心吊胆的，总害怕警察找上门），就又踏上了逃亡路。他知道，法网恢恢，疏而不漏。在中国，只要犯了法，不管早晚，总要受到法律的制裁。

判刑入狱后不久，妻子来了。

他很意外。他对妻子说："谢谢你！"

妻子也很意外。她不知道，当他坐上警车那一刻，他所有的疲惫和担惊受怕一扫而光，像是卸下了一个沉重的包袱，突然有了一种很轻松的感觉。就拿现在的监狱生活来说，不用每天提心吊胆了，有人可以说话，到点了有饭吃，晚上可以很踏实地睡觉，甚至可以做梦。

狱警对她说，因为他积极配合警方调查，提供了重要的证据，有重大立功表现，被从轻处罚了，判了八年。

他对妻子点点头，说："因为我能分清什么是黑什么是白了。"

"好，好，好。"她心中一动，有种想流泪的感觉。

忽然，他对她说："咱们离婚吧，我不能再拖累你了。"他说的真心话，虽有些不舍，但也没办法，出了事，开除了公职，退赔了赃物赃款，啥也没有了，怎么养活她？

她呆住了，似乎一下子还没明白他的意思。

他说："我还有几年时间……你还年轻，离了可以再找一个。"

她眼里的泪终于爬出来了，她一边流泪一边笑着说："好好改造，我等你。因为我也能分清什么是黑什么是白了。"

他心里一热，知道再说也无济于事，便重重地点了点头。

回来的路上，她掏出口袋里的离婚协议，一点一点撕得粉碎。

当我需要你的时候

儿子单位体检，建议老父亲跟着一块去。儿子在单位是个小头头儿，这点儿特权还是有的。老父亲不愿意去，人老了，跟机器一样，日子久了，零部件能没个磨损？有时候，毛病不大，医生能说破天，反而把病人吓出毛病来。这番话都是老人心里的话，没给儿子说。儿子执意让老父亲去。老父亲不忍拂了儿子的美意，也不愿意儿子背上不孝的骂名，就跟着儿子一块去了。

体检很详细，皮肤，牙齿，毛发，等等，只要是身体上有的都不放过。体检大楼跑了一遍，不亚于登了一次山，老人累得够呛。儿子在身边陪着，心里再不舒服也不敢说，还得装作很满意的样子，不能给儿子的孝心打折扣。

检查结果出来了。

医生看了看儿子的体检表，又看了看老人的体检表，把儿子单独叫到一边，说："情况很不妙，尿毒症。"

儿子吃了一惊，说："有最好的治疗方法吗？"

医生说："唯一的好办法就是换肾。目前医院还没有肾源，只有亲人之间可以移植。"

唉，老父亲怎么这么没福气呢，该享福了却得了这么个病。儿子一下子沉默了。心想，父亲六十多岁了，即便自己把肾给他一个，也不见得还能活多少年；自己呢，不到四十岁，刚走上领导岗位，换言之，今后的路还很长，少了一个肾肯定对身体有影响的……想到这里，儿子就对医生说："放弃治疗吧。"

医生诧异地看着儿子，一时间怀疑他是不是老人的儿子。

儿子似乎猜到了医生的怀疑，脸一红，说："老爷子心疼我，他是不愿意让我给他换肾的。"

医生说："你就这么肯定？"

儿子说："知父莫如子。我最了解自己的父亲了。"

医生说："好，我就再问问老爷子吧。"

随后，医生又把老父亲叫到套间里。

看到医生严肃的表情，没等他开口，老父亲就说："大夫，是不是很严重？"

医生点了点头。

老父亲忽然笑了，说："您别吓唬我，俺能吃能喝，会有多严重？再说，即便真的很严重，俺自愿放弃治疗。"

"为什么？"医生追问。

老父亲叹口气，说："俺不想给儿子增加负担。"

医生说："假如有治疗方法，如让儿子给你捐一个肾呢？"

"那更不行！"老父亲断然说道，"儿子还小，不能因为俺毁了他的身体。俺老了，命贱不值钱。"

医生心里一堵，有点儿后悔把儿子堵在门外。他说："老爷子，您还没听我说明白呢，是您的儿子患了尿毒症，如果两个人配型成功，需要切割您的一个肾给他。"

老父亲一下子呆了，好半天，才喃喃地说："大夫，您说的是真的？"

"真的。"医生点点头。

扑通！老父亲给医生跪下了，一边流泪一边说："俺愿意把自己的肾捐给儿子，一个不行，就两个。只要能救儿子，俺把命搭上都中！"

医生上前搀扶起老人，说："老爷子，没有那么严重。若是配型成功，一个肾就够了，也不会太影响您的身体。"

老父亲擦了一把眼泪，说："大夫，您别跟我儿子说实情，把我俩推进手术室……就说是俺病了。"

医生怔了下，不知道该怎么回答老人的话。他不知道，老人的儿子已经在门外听到了他们两个人的对话。此刻，老人的儿子泪流满面，心里边翻江倒海。

夫　妻

大山和小梅是一对夫妻。他们和大多数家庭一样，平常，普通。大山在某企业上班，装卸工一个；小梅没有工作，操持着家务，讲得俗一点儿就是家庭主妇，雅一点儿就是全职太太。

在家里，客观地讲，大山不懒惰，算得上勤快的男人。窥一斑可见全豹，单说早晨这段时间，他每天早上五点多就起床了，拖地，洗衣服，做饭，甚至把一家老小早晨的第一杯水都准备好了，等到他们起床，喝起来不热不凉，刚刚好。偏偏小梅不领情，起来就嘟囔，地板拖得毛毛躁躁，哪个角落没拖，还有一根头发；衣服洗得不干净，衣领子还有污渍，等等，反正说大山一堆的不是。大山也不多解释，嘿嘿一笑，第二天早上照样早早起来，拖地，洗衣服，做饭。

周一早上，大山熬的是小米汤。小梅起床后，唠叨起来："就会熬小米汤，不会搅面汤？”

大山不吭声，显得很有度量似的，可能他已经习惯了这样的唠叨。

周二早上，大山记住了小梅的话，做的是面汤。

小梅起床后，不去洗漱，先跑到厨房里看，又不满意了：“清汤寡水的，怎么没放红枣？真是的。”

大山还是不辩解。

小梅说：“大枣养人，不知道吗？”

大山憋不住了：“知道，知道。”

小梅却不依不饶，喋喋不休：“说你吧，你还感到委屈。哼！”

周三早上，大山搅面汤时，特意放了红枣。谁知道，小梅还是不满意：“怎么放这么多红枣？仨核桃俩枣。懂不懂？”

“对，对，对。”大山点头哈腰，像是大臣给老佛爷请安。

周四早上，大山就特意放了两颗红枣。不承想，小梅还是一肚子的不满意：“就会放红枣，不会打鸡蛋吗？鸡蛋都放坏了，还不知道吃。”

“好，明天打鸡蛋。”大山忙回答。他要是不应声，小梅还得啰唆半天。

周五早上，大山熬稀饭的时候，特意飞了两个鸡蛋。呵呵，小梅还有说辞：“怎么打成散蛋了，不会弄荷包蛋吗？”

周六早上起来，大山做的是荷包蛋。小梅还是不满意：“不会熬八宝粥啊？怎么又是面汤？”

大山忙不迭地点头："是，是，是。"

小梅撇了撇嘴，又转移了话题："今天是星期六，起来这么早干啥？叮叮当当的，让人睡不好。"

……

总之，不论大山怎么做，在小梅看来，总是不对。大山呢，好像不长记性，犯贱，每天照样忙得不亦乐乎。

恰巧这段时间女儿放假在家，很是看不惯爸妈的行径，觉得他们的婚姻能维持二十多年，简直就是个奇迹。她觉得爸爸没出息，太软弱。这天妈妈没在跟前，女儿对爸爸说："爸，既然妈老是说您的不是，您不会不干？出力不落好，何苦呢？"

大山笑了笑，说："傻闺女，你知道个啥。"

儿女噘着嘴："真是好心当成驴肝肺，替您说话，还这样说我。"

大山说："闺女，你还小，等成了家就知道了。常言说，家务活，不见工，累得哼呀哼。你妈照顾一家老小的吃喝拉撒，不容易，我能干一点是一点。再说，家嘛，有些事是说不清的。"

"可是，妈也太不讲理了。"

"闺女，家不是讲理的地方，家也不是算账的地方，家是讲爱的地方。"

女儿愣了一下，不由得竖起了大拇指，想不到老爸这么平凡的人还能讲出这么不平凡的道理来。

大山说："这话不是我的原创，是和你妈结婚那天，主持人说的。当天主持人说了好多，别的我没记住，就记住了这句话。”

晚上，女儿跟妈妈说起了悄悄话。

女儿说：“妈，爸爸每天那么辛苦，您怎么还蛮不讲理，少说他两句不好吗？”

小梅笑了笑，说：“傻闺女，你知道个啥。”

女儿糊涂了，想不到妈妈也这么说她。

小梅叹了口气，说：“我知道你爸爸上班辛苦，我是想让他回到家里歇一歇，便故意找碴儿，想打消他干家务的念头，谁知道他……”

女儿忽然间明白了，真正傻的不是爸，也不是妈，正是她自己。

家　谱

组织部部长上午给欧阳福谈过话，任命文件都还没下发，他就按捺不住狂跳的心给老父亲打了个电话。

出乎欧阳福的意料，老父亲没有他想象当中的激动，沉默了半天，才淡定地说："福儿，你晚上回来一趟吧。"

老父亲这是怎么啦？他不是一直希望我进步，能混个一官半职，光宗耀祖吗？我马上要当局长了，他怎么没有一点儿喜悦的迹象呢？当年我拿到录取通知书的时候，他老人家高兴得一天到晚合不拢嘴巴，最后给全村人放了一场电影……从县城到老家，想了一路，欧阳福愣是没想明白。

见到老父亲，欧阳福刚要给老人家复制粘贴他和组织部部长的谈话内容，老父亲先开了口，说："福儿，先看看我修订的家谱。"

早些日子，老父亲一直操持家谱的事。起初，欧阳福颇有微词。因为修家谱是一件劳神费力的活儿，是一项大工程，必须以真实为基础，忌讳溢美之词，他不想让父亲太辛苦。

老父亲像个老学究似的，旁征博引，引经据典，什么程子曰：家法坏，谱牒尚有遗风，谱牒坏，人家不知来处，故谱不可不修等。

欧阳福怕父亲曰个没完，讨伐自己不孝，忙同意了。再者，顺从老人本身就是最大的孝顺。

这时候，老父亲从抽屉里拿出一本大册子，炫耀似的摆在欧阳福面前。

家谱！欧阳福迫不及待地翻阅起来。他也想知道自己的祖先是谁，家族中曾出过哪些名人，家族中人如今都在哪里。他知道，所有的答案家谱里都有。

欧阳福发现，老父亲修订的这本家谱，不是简单的世系表，记录得很详细，世代分格，由右向左横行，五世一表，用起来很方便。每个世代人名左侧都有一段生平记述，介绍该人的生辰、字、号、功名、官爵、配偶、葬地、功绩等。

老父亲得意地说："这种记录方式叫横行体，是咱们的祖先北宋文学家欧阳修创立的。"

欧阳修？虽同为欧阳，欧阳福一直不敢高攀，担心别人说自己有攀龙附凤之嫌。此刻他看了家谱，才知道自己这一支的始祖是欧阳万，为弘文馆学士欧阳询第一十二世孙，父亲欧阳绪官至御史大夫，与两位哥哥欧阳彪、欧阳彤三兄弟先后进士及第，并先后任江西安福令，为史上所罕见，堪称“兄弟连登甲，父子同为官”。后欧阳彪于唐僖宗乾符年间擢升广州刺史，举家迁往广州，为广东番禺派始祖。欧阳彤后授校书郎，集贤校理，官至工部尚书，迁四川蜀江，为蜀江派始祖。欧阳万任江西安福县令后，举家迁往安福，成为庐陵大族，也成了江南各省欧阳氏的一个源头，被尊为欧阳氏庐陵派（又称安福派）始祖。欧阳万在唐僖宗乾符年间任安福县令。时值黄巢起事，欧阳万遂率领乡民捍卫，使城得以保全，深受民众拥戴。欧阳修为欧阳万的第九世孙，也是自己的祖先。看到这里，欧阳福不由得挺了挺腰杆。

翻到最后，欧阳福看到老父亲的名讳下只是一片空白，没有自己的名字，而比自己小的堂弟和侄子们反倒位列其中！他惊讶地咧了咧嘴，一句话也没有说出口。

在他们这个地方，除了死去的族人，超过三岁的男丁都可以上家谱的。所以，没有看到自己的名字欧阳福有点儿目瞪口呆了。难道自己不是亲生的？不对啊，即便是过继来的，也是可以上家谱的啊，在后边加个括号，备注一下就行。

欧阳福回过神来，刚要问个究竟，老父亲轻轻叹了口气，说：“福儿，你马上要当官了，谁知道你干得好还是干得孬呢？若是清官，可以名正言顺地上家谱；若是贪官，上了家谱是要辱没先人和子孙的。”这段话，几乎是一个字一个字从老父亲嘴里蹦出来的。无疑，他老人家心里边也是五味杂陈，很不愿意说这些话的。

“爹……”欧阳福上前拥抱着老父亲佝偻的腰身。那一刻，他仿佛感觉到一股强大的力量传导到自己的身上。

后来，凡是进过欧阳福办公室的人，都会看到墙壁上裱着一幅字，内容是这样的：因封受姓曰欧阳，道德文章百世芳……万公乾符令安福，词谱尊为一世昂。二世生和三世雅，四州效楚列行行。效生之子谟托諔，楚生堂弘戌三房。五世六宗皆蕃衍，代产名贤与忠良。从今再修支谱后，递传世世信有光。

多年后，各级媒体蜂拥而至来采访欧阳福的时候，他都会谈到这幅字。人们这才知道，这是欧阳氏安福派老版本的“家谱”。

快　递

我是个快递小哥，负责着平安小区的快递收发工作。我发现，当今社会，网购不仅是年轻人的专利，现在的老年人也赶起了时髦，如平安小区的王大娘。平安小区功能设施比较齐全，除了家属楼，有幼儿园、卫生所、小超市，还有一个敬老院，住着十几位孤寡老人，王大娘就是其中的一位。她平均半个月就会有一个快递，洗脚盆啦，袖珍音响啦，痒痒挠啦，等等。

这不，今天又来一个。王大娘眼睛看不见，我帮助把快递拆开了。拆开的一刹那，我失声叫道:“大娘，是个血压计！”说罢，我心里也狐疑，心说这个玩意儿王大娘会用吗?

“这孩子，又花冤枉钱。”王大娘轻轻叹息一声，嗔怪道。

怎么，快递是别人给王大娘寄的?难道她不是孤寡老人，有亲属？我一时也给搞糊涂了。

小李是敬老院的一名工作人员，负责照顾王大娘的饮食起居。她似乎知道我的心思，解释道："王大娘的儿子很孝顺，在山西打工，自己回不来，经常给老人寄东西。"

王大娘炫耀似的说："我穿的用的，都是儿子寄回来的，有好多都没打开呢。"

"大娘，你儿子真孝顺。"我嘴里这样说，心里边却在嘀咕，整年不回家，光会给老人寄快递，快递会叫娘吗？

临出小区大门的时候，看大门的张大爷扯着我，让我喝杯水再走。我不忍心打掉张大爷脸上的笑容，就停了下来。我知道，如今的老人大都孤独，逮个人说话都很难。我喝水的时候，张大爷悄悄对我说："她的儿子十多年都没回家了。她的眼睛咋瞎的？就是因为想念儿子哭的。"张大爷说的是王大娘。

我哑然半天，说道："王大娘也怪可怜的。"

张大爷好像要纠正我的说辞，说："当初开发商盖这个小区要拆迁她的房子，她不让，担心儿子回家找不到家门。政府没办法，就把这个小区命名为平安小区，因为她的儿子叫平安。"

二十天后，又有一个王大娘的快递，是一件羽绒服。小李坚持让王大娘试试。王大娘拗不过，就穿到了身上。

式样不错，尺寸大了不少。我心里有些遗憾，心说平安这孩子倒真够粗心的，自己的娘穿多大的衣裳都不知道。

王大娘这里抻抻，那里拽拽，可能也察觉到尺寸大了，脸上依然是高兴的样子："本分人家过日子就得这样，大了好，大了好，可以穿好多年。"

我要走的时候，王大娘忽然从腰间拿出一个鼓囊囊的方便面袋子，对我说："这是俺攒下的钱，你一定要收下。"

老人家什么意思？她也痴呆了？我一时间蒙了。

王大娘说："我想让你给俺寄个快递。"

"快递？大娘，您要寄什么？"我记得报纸上有篇报道，一位老人在家寂寞，就不断网购，为的是让快递小哥送货上门时和他说话，难道王大娘的快递不是儿子寄来的，都是她购的？也不像啊。

王大娘说："俺，俺想让你把儿子给俺快递回来。"

"大娘，我……"我不知道该怎么回答王大娘。

小李过来了，把我拉到一边，揉着湿润的眼睛告诉我，她按照快递上的地址，私下打过"王平安"的电话，"王平安"说他暂时还没法回来。

我回到公司，处理罢手头的事务，便找到原始记录，按照地址上的电话，给"王平安"打了个电话，打算劝一劝他，让他回家看看老人。

电话接通了。当电话那端的"王平安"得知是我打过去的电话时，他说了实话："大哥，我不叫王平安，我叫幸福，是王平安的工友，原来都在一个煤矿干活，有一次煤矿出事故，王平安被埋在了下面。"

“怎么会这样？”我大吃一惊。

“那是个小煤矿，出了事故，老板跑了，工人也都解散了，没有人对这起事故负责。”

“王大娘的快递是怎么回事？”

“我从煤矿跑出来后，做起了快递。因为在煤矿上我跟王平安要好，知道他家里有个老娘。我不想让老人知道平安去世的消息，就隔三岔五发个快递，为的是给大娘报个平安，让老人家放心。”

不知道为什么，我的眼泪一下子涌了出来：“幸福兄弟，你知道吗，王大娘因为思念平安，眼睛都哭瞎了。”

“……”电话那端半晌没有说话，但我捕捉到了细微的啜泣声。

半个月后，我骑着摩托去给王大娘报信，说她的快递到了。

王大娘惊喜地说：“是……是不是俺，俺的儿子回来了？”

我用眼神鼓励跟我一块来的幸福。

幸福迟疑了一下，然后走上前，一下子把瘦小的王大娘抱在了怀里：“娘，是我，我，我是平安。”

我看到，王大娘的眼角淌出了泪水。

再后来，我路过平安小区的时候，发现平安小区已经更名为幸福小区了。

妈妈的爱

雪花像一个个跳舞的小精灵，在天地间尽情地展示着自己的舞姿，曼妙，轻盈，悄无声息，一点儿也不张扬。

天色一点一点暗了下来。

母亲怎么还不回来？若搁往常，幸福下班回到家，母亲早已把饭菜端上桌了，热乎乎的，香喷喷的，使得幸福一天来的疲惫和不快消失得无影无踪。幸福刚要打母亲的手机，母亲披着一身雪花进门了。

“妈，这么冷的天您还出去？”幸福一边给母亲扑打身上的雪花，一边埋怨道。

“阿嚏！”母亲打了个喷嚏，一脸喜气地说，“孩子，我今天给你打听到一个女孩，不错。”

“妈！”幸福心里边不是个滋味，为给他找女朋友，母亲比他还操心。

幸福找不到女朋友，不能说硬件达不到，房子有，虽说不是别墅；车也是四个轮的，尽管不豪华；存款也有，虽没达到八位数。因此，倒是有几个女孩主动给幸福抛媚眼。幸福通过测试，发现她们都不合适，就都放弃了。

母亲看在眼里，急在心里，啥法子都用了。昨天邻居介绍一个远房亲戚的女儿，都在一个城市，不远，隔着两条马路，抬腿就到了。这不，老人家今天就迫不及待地去打听了。

母亲说："又不是买猫买狗，不打听打听会中？"

幸福耐着性子说："妈，见面接触一下不就啥都知道了，还用打听？"

母亲嗔了幸福一眼，说："她的心是正是歪？有没有狐臭啥的？性子野不野？看是看不出来，人家也不会给你说。"

这话倒是事实。幸福怔了一下，没有说话。

母亲说，女孩叫白雪，是个单亲家庭，跟她妈生活在一起。因为她妈常年有病，白雪一直拖到三十好几还没找到对象。白雪的长相跟她的名字一样名副其实，关键是人好，心眼好。

看到母亲说得有鼻子有眼，幸福问道："您咋知道的？"

"白雪的妈住院了，就在人民医院，我去打听过了。"母亲说罢，打开手机相册让幸福看。

母亲拍得有点儿虚，人有点儿模糊，但幸福感到顺眼、耐看，不知道为什么，竟有种怦然心动的感觉。

几天后的一个下午，幸福下班得早一点儿，就开车去了人民医院。说来也巧，到了医院，他刚走到母亲说的那间病房门口，就听到屋里传出一声叫“妈”的声音，声音很大，走廊里都能听清。一个提着暖水瓶的女孩一边应答着一边快步走过来，然后推门而入——凭个头和身形，幸福判断出她就是白雪！怎么？白雪已经当妈了？还是她出院了，这个病房换上了别人？

幸福忙打电话向母亲求证。母亲回话说，白雪还在医院陪她妈，没有出院。幸福又看了看病房号，没错。幸福不敢在门口久留，忙装作找人慢慢走了过去。那声“妈”真真切切，他没有听错。难道白雪是离过婚的人，要不怎么会有孩子？还是母亲打听来的信息有误？

幸福又把电话打给母亲。母亲说：“别胡说，人家还是黄花闺女。”挂了电话，母亲又把那张模糊的照片传了过来。

白雪！刚才那女孩是白雪！幸福溜达到走廊尽头又踅了回来，他刚走到那间病房门口，门推开了，白雪——那个女孩手里提着饭盒出来了，还没走出门外，屋里又传出了一声“妈”，女孩一边答应一边退了回去，顺便把门掩上了。不过，两个人的对话声还是从门缝里溜了出来：

“妈，我想吃饺子。”

“好，等我收拾完就去给您买。看看，您又尿床了不是。”

……

难道是白雪收养了别人的孩子？还是朋友的孩子认她做干

妈？幸福理不清头绪，灵机一动，走向护士站。

一个护士的讲述让幸福明白了事情的原委。

病房里住的正是白雪的妈妈。白雪的妈妈患有阿尔茨海默病，俗称老年痴呆，她连白雪也不认识，竟对白雪叫妈。白雪居然答应了。白雪说，她从小到大得到妈妈无微不至的关爱，如今，她也要像一个妈妈一样，无微不至地照顾她老人家，回报妈妈对她的爱。

没等护士讲述完毕，幸福便接到母亲的电话："孩子，快回来吃饭吧，你最爱吃的……"

"三鲜馅饺子？妈，多包两个人的。"幸福答应着，欢快地跑走了。

傻老头

“局长，有个老头找您！”我正在办公室里浏览手机新闻，忽然接到秘书小王的微信。我的头轰地一下子大了一圈。真是怕啥来啥！

这两年单位效益不好，到了年关我就头疼，讨债要账的，报销医疗费、差旅费的，申请困难救助的，讨要工资福利的，申请科研经费的，哎哟，多了去。惹不起咱躲得起，我就让人把“局长室”的牌子换成“储物间”，这下倒是清静了不少。

“局长，这个老头来好几次了。这次您不见怕是不中。”小王又在微信里蹦出一句。

是福不是祸，是祸躲不过，该来的总是要来。再说，一个老头，怕什么？即便是打架也打不过我的；就算真的打起来，我的手下会胳膊肘往外拐？想到这里，我就信心满满地走出“储物间”，决定会会这个老头。

电梯从七楼倏地到了一楼。小王正在跟那个老头解释：“局长真的不在家。”

老头有点儿面生，不像是本单位的人；衣服都分辨不出颜色了，穿的还是一双老式的手工布鞋……他架着双拐，肯定是腿有毛病。我彻底放心了，上前问道：“老人家，您找局长有什么事？”

老头看了我一眼：“我要捐款！”

我随口问道：“老人家，您要捐多少？”

“一百万！”老头说。

正在喝水的小王“噗”的一声，茶水喷了我一脸。本来我也要笑的，这下有点儿恼了，瞪了小王一眼。

“真的，我要捐一百万。”老头补充道。

常言说，人不可貌相。但是，看这个老头的形象，肯定不是腰缠万贯的人。我安慰道：“老人家，局长今天开会去了。您明天来好吗？”

“好，好，好。”可能我忠厚的模样打动了老头，他满意而去。

看着老头架着双拐，一点一点地远去了，我心中一动，决定跟踪一下。

马路对面有个26路公交车站，看到老头上了公交，我拦了辆出租车在后面跟着。26路公交车大约走了十一站，老头下车了。

我也下了出租车，远远地跟着他。

老头一点一点拐到一栋老式房子前，趔趄着上楼了，一步一步，很是艰难。

是栋家属楼。看样子像是七十年代的建筑，从户型看，绝对不超过七十平方米。老头住这样的地方，手里会有一百万？

我刚要打道回府，恰好楼下有两个聊天的大爷，一个秃顶，一个白头发，像是楼上的居民。我侧面问了一下，果然如此。我悄悄地打听老头的情况，问他是不是有病。秃顶大爷说："他有病，因为冬天下河救人，腿被冻坏给截肢了，这是多年前的事了。"

白头发大爷补充说："他生活挺简单的，每天都是青菜。几乎不买衣服，他穿的都是我们给他的。"

"他有点儿傻。"秃顶大爷摇了摇头，无不惋惜地说。

白头发大爷点点头："是有点儿傻，他的儿女们也都这么说。"

"老人是做什么的？"

"七十多岁了，能做什么？他原来好像是××单位的科研人员。"

我吓了一跳——××单位正是我所在的单位啊！

我回到单位后，赶忙让人查找老人的资料。不错，老人是我们单位的，十多年前退休了。退休后，很少到单位来。所以，单位现在的人几乎都不认识他。

难道老头是要来报销这么多年的医疗费？害怕我不见，故意说是捐款的？有可能，极有可能！

第二天，等了一整天，老人没来。

我松了一口气。

第三天，老人没来。

一星期过去，我快要将他忘了的时候，接到一位律师的电话。说是老人病死在了医院，临死前留下遗嘱，要将一辈子积攒的一百万元捐给单位。老人在遗嘱里还说，他知道单位效益不好，希望将这笔钱作为基金奖给单位有成就的年轻人。

不用哪个组织，单位的人都参加了老人的追悼会。闻听老人子女的哭声，我眼里的泪流个不停，怎么也止不住。

碰　瓷

那天是个周末，吃罢午饭，眯瞪了一会儿，我就骑上电动车，往宋陵公园去。

宋陵公园是我们这个小县城唯一的一个开放性公园，似乎约定俗成，退休的老同志除了吃饭睡觉，其余时间都泡在这里，除了健身，更多的是喷空，就是说闲话，家事国事天下事，事事关心，没有说不到的，不过，还是以当地新闻为主。头一天聊不完的话题，第二天接着聊。如果你出差几天，想知道当地都发生了什么事，来这里蹲上一支烟的工夫，什么都晓得了。时间久了，宋陵公园成了“老年活动中心”的代名词，也有叫“老年广播电台”的。我临近退休年龄，打算把落脚点定位在宋陵公园，因此，趁空先来踩踩点。没有一点儿爱好还真不行，要不，老了遭罪。

穿过热闹的大街，走到一个偏僻街口，我刚拐过弯，看到一个老大爷跌倒在路边，扭曲的脸上渗透出痛苦。路过的有人，也有车，但都没停下来，好像老大爷不存在似的。我愣怔了一下，急忙刹车，赶过去搀扶起老大爷。我刚一伸手，几乎同时，老大爷伸手死死拉住了我的衣角。

完了！那一刻，我想到了逃离，但，老大爷的手像大闸蟹的爪子，抓住了就不松手。

我四下看了看，路边没有摄像头，行人也有几个，却是匆匆而来，匆匆而去，一个个比四条腿的跑得还快。我真想大吼一声："都眼瞎了啊。"

真就跳进黄河也洗不清了。我深深叹息一声，低头对老大爷说："老人家，您是不是有病？"

老大爷朝我嚷道："谁有病？你不撞我，我会摔倒？"

"老、老叔，我没撞您啊。"

老大爷振振有词："没撞？没撞扶我干啥？有病啊。"他说话的分贝很高，唯恐路人听不见似的。路人还真就跟听不见似的，没有人愿意过来当法官。

"大爷，我真的没病，不，真的没撞。"

"大爷？祖宗也不行。"

我知道，遇到难缠的主儿了。

我长叹一声，其实也是泄气了，对老大爷说："老人家，好，算是我撞的。"

“瞧你这话，什么算是你撞的，就是你撞的！”

“好，就是我撞的。您看这么着，我送您上医院。”

老人家的两只眼睛忽闪忽闪的，比刚才亮多了，攥着我衣服的手也没刚才那么有力了。

我瞅着路上来来往往的出租车，打算叫一个。老大爷看出了我的想法，口吃似的说道：“俺……俺不上医院。”

我心里明白，当即掏出钱包，连同十元的票子，总共一千六百八十元，都塞给了老头。

老头抓的那只手松了，接过钱，掖进了腰里。他的脸色也少了恶意，还隐隐出现了笑意。

我转身去骑电动车，等我骑上车，瞄见老头灵活地钻进了一辆出租车。在我愣神的一刹那，出租车放了一个不太响的屁，远去了。

我骑着电动车来到了宋陵公园，看着宋仁宗荒草萋萋的墓冢，心里一下子释然了。

走进那支庞大的队伍当中——因为是周末，来的人当中还有不少年轻人，我给大家讲述路上发生的一幕。我说，在来的路上，看到一个老人倒在地上，我赶忙上前把他搀扶起来。

“不怕他讹你吗？”一位大叔打断我的话。他这么一说，其余的人都把目光聚焦到我这里。

面对大家的目光，我摇摇头，说：“没有，老人家真的是有病。”

闻听此话，大家都“嗷”了一声，可能是我的故事不够精彩，一律显出失望的表情。

那位大叔说：“幸亏遇到你，要不，再耽误一会儿，还不要了老头的命？”

这些人当中有个业余作者，在当地日报写了篇文章，把我誉为“当代雷锋”。

我把报纸拿给妻子，给她说了前因后果。

“你为啥说谎呢？难道为了出名？”妻子的脸上写满了问号。

“我怕把真相说出来，一旦遇到哪位老人真的摔倒了，或许这位老人就是你我，怕是没有人再施以援手了。”我不是清高，这的确是我的真实想法。

妻子也是个文学爱好者，又写了篇后续报道，说出了事实真相。

这在当地引起了不小的波动。

一星期后，我收到一笔匿名汇款，金额是一千六百八十元。

爷爷的最后时光

老话讲，人之将死，其言也善。这句话浅显易懂，意思已经很明了，但我觉得在这里还有啰唆的必要。这话说的是死到临头的人，说的都是真心话，都是善意的话，都是好听的话，都是顺耳的话。

爷爷却是个例外。

爷爷有十个孩子，六个带把的，四个不带把的，很热闹的一大家子。我记事的时候，爷爷奶奶已经去世，姑姑们都已出嫁，叔叔伯伯们各自过起了小日子。虽然不在一个锅里搅稀稠了，还是一个院落，孩子哭大人叫，勺子碗筷叮当响，弥漫着浓郁的生活气息。如今，老一辈的只剩下六婶，堂兄堂弟们都搬到镇里或城里了，偌大的院落荒草萋萋，很是冷清。

话题扯远了，还得绕回去。我父亲在世的时候，没少叨咕爷爷的事，特别是爷爷临死前的那段日子。

爷爷患的是肝癌。那时候，医疗条件差，家庭状况也不允许到大城市治疗，得了这种病只有在家里等死。

爷爷没得病之前，是很文气的一个人，像个秀才似的，根本不像个乡下老头，跟儿媳妇说话也像是蚊子哼一样，从没大声说过话，甚至咳嗽一声都得紧紧捂住自己的嘴，生怕别人听见。

得病后，爷爷就像换了个人。父亲说，见了自家人，逮住谁骂谁，好像有天大的仇恨。

父亲在家排行老三，依照当地习俗，他上边的两个兄长我称呼伯，大伯、二伯，后边三个兄弟我叫叔，即四叔、五叔和六叔。伯父们的老婆我称大娘，叔叔们的老婆我称婶。有一次，轮到二大娘伺候。到了饭点，二大娘把舍不得吃的鸡蛋拿出来煎了，给爷爷做了一碗鸡蛋面。没等端到跟前，爷爷就轰她："面条里是不是有毒？我不吃！"二伯端着碗过来了，忙说："大，您看看，我们喝的还是糊涂汤，鸡蛋面是专门给您做的。"爷爷说："要是没毒你把这碗鸡蛋面吃了，我喝你那碗糊涂汤。"爷爷脸色冷冷的，不像是开玩笑。二大娘放下饭碗，眼里噙着泪走了。

还有一次，轮到四婶伺候。她端着一盆水给爷爷擦脸。爷爷说水太凉。四婶赶紧续了热水。看着水盆里飘起的袅袅水汽，没等毛巾沾上脸，爷爷就黑着脸说："老四家的，你想烫死我啊？"没等四婶说话，爷爷就举起拐杖杵倒了脸盘，浇了四婶一身。

对待大娘婶子这样，对待伯父叔叔们，爷爷也一样，有过之无不及。

一天晚上，五叔去陪爷爷睡觉。爷爷不同意，非撵五叔走不可。五叔自然不答应。爷爷说："我知道你老五没安好心，半夜想掐死我。滚！哪儿远滚哪儿。"五叔不走。爷爷就抡起床头的拐杖，枪棒似的抡起来。到这个份儿上，五叔不走也得走了。

类似种种，不胜枚举。

那段日子，背地里谈论起爷爷，大家都恨得牙根痒痒，巴不得他老人家早咽气。

天遂人愿，爷爷没熬几个月，就走了。大家都像卸了包袱似的松了一口气。不治之症，还是早走的好，病人不受罪，也不连累亲属。埋葬他的那天，孝子们跪了一大片，却哭声寥寥。即便有哭声，也是哭诉自己伺候爷爷时受的委屈。

当父亲给我讲述这段过往的时候，我为爷爷开脱，说人到了那个时候，可能脾气变得差一些。

"不能说没有这个原因。"父亲话锋一转，"你爷爷是怕他老了后，儿女们记得他的好而伤心。"

我瞅着父亲，一时没明白过来。

"他老人家那样做，是让儿女们记恨他，从而不会因他老了而难过。为他办三周年的时候，你奶奶才说了实话。"父亲说到这里，擦拭了一下湿润的眼角。

黄土高坡

那天是个周末，我和徐达来到了黄土高坡。“黄土高坡”是一个镇的名字。

也没有什么目的，纯粹是来玩。起初，徐达不想来。我忽悠他说，越是偏僻的乡下，越有老东西。

徐达是个搞收藏的。

“想去就去，别那么多废话。”徐达就开着他的车风驰电掣地来了。

我知道，徐达对捡漏不抱什么幻想，见我坚持要来，他不好拒绝。什么是朋友？这就是朋友。

车到山前无路可走，我们才停下。把车停到“黄土高坡镇中心小学”的围墙外面，我和徐达便步行上山了。还记得那首《黄土高坡》吗？“我家住在黄土高坡，大风从坡上刮过，不管是东南风还是西北风，都是我的歌我的歌……”事实真的是这样，山风呼呼，很有点儿威力，像要把我们身上的衣服给撕扯下来。我们走路都得抱着膀子弯着身子，害怕被风刮跑了。

我有点儿后悔来这里。真是看景不如听景啊，“风是我的歌，我的歌”，此时此刻，风就是我的冤家！

恰巧这时，徐达接到一个电话，让他回去帮忙鉴定一件东西。

趁坡下驴，我们就下山了。两个人灰头土脸的，想到校园里洗把脸，方便一下。走进校园的大门，孩子们的读书声，此起彼伏，琅琅震天。显然，孩子们正在上课。我发现偌大的操场上摆满了石头，一排排一行行，整齐地排列着，石头有电话机那般大小，有的是圆形，有的是方形，形状不一。我走近了看，石头上还有名字，每块石头上都有，张富贵、马兰花，像是学校学生的名字。

徐达认真看了几块，说：“都是普通的石头，不是什么值钱玩意儿。”

我想了想，说：“可能学校没有运动器械，孩子们用这个练举重用的。”

正当我们议论这些石头的时候，一个老师模样的男人走了过来，他满头白发，驼着背，五六十岁的样子。

我忙上前打招呼：“大叔，您是学校的老师吧？”

“大叔”笑了，慌乱地摇了下手：“可不能这么叫，我今年才四十岁，长得有点儿着急……我姓张，您叫我张老师好了。”

徐达母鸡下蛋似的咯咯笑起来。我知道他笑什么，他清楚，我刚过五十二岁生日。

我没有理睬徐达，询问张老师这些石头的用途。

张老师没有说话，打开他的手机，上面有一段视频：黄土高坡上，山风呼啸，一个小女孩背着书包，迎着风吃力地走着。

我下意识地说道："她这么小，要是被风吹到沟里怎么办？"

张老师关了手机，说："这个女孩叫张菊花，家住黄土高坡村，她的书包里放着石头，不会被风刮跑的。"说罢，张老师走到石头方阵那里，弯腰抱起一块圆形的石头，拿给我们看。

我看到石头上写着"张菊花"。

我双手接过石头，感觉差不多有十五斤重。

一直没有说话的徐达忽然对张老师说："这些石头有多少块？"

张老师随口答道："黄土高坡村八十六个学生，八十六块石头。"

"每块石头两百元，我全部买下。"徐达挥了下手。

张老师不解其意，愣愣地盯着徐达。

我知道了徐达的意思，他是想帮助一下这些孩子们，我对张老师说："卖了这些石头，孩子们还可以到山上再捡一块嘛。"

张老师明白过来，搓着两手，感激得不知道如何是好。

当即，徐达就让张老师联系了一辆车，拉走了这些石头。

后来，徐达举办了个拍卖会，拍卖这些石头。拍卖开始前，徐达播放了张老师手机上的那段视频，然后讲述了背后的故事。

两千元起拍。

不到半小时，这些从黄土高坡拉回来的石头被抢购一空。

我私下算了算，徐达赚了将近二十万元。

真是狗改不了吃屎，狼改不了吃肉。商人就是商人，什么时候都不忘赚钱的心。

我心里有气，有好长一段时间没和徐达联系。这期间，他也没跟我联系。

忽然有一天，我在微信朋友圈里看到一则新闻：黄土高坡村收到一笔二十万元的捐款，根据不愿透露姓名的捐款人的愿望，建了所小学。

流星雨

天渐渐黑了，大街上冷清起来，较之往常，车辆偶尔划过一辆，行人几乎没有。那些流浪猫流浪狗似乎也找到了归宿，瞅不见一只了。一栋栋楼房逐渐亮起来的灯光，使得大伟心里暖暖的。他知道，每片灯光后面都是一幅温馨的画面，一个团圆的家。大年除夕夜，正是家家户户团聚的日子呢。想到家里的妻子和三岁的儿子，大伟心里掠过一丝酸楚，感觉最对不起的就是他们了。

大伟没有开警车，骑着摩托车，缓缓地，速度不超过二十迈——这样更方便眼观六路，耳听八方，一旦有情况随时可以处置。队长特意交代大伟，今年春节的重点是查处燃放烟花爆竹的违规行为。还好，之前在当地各级媒体轮番发出通知，市区今年过年禁止燃放烟花爆竹，违者要接受处罚。

没有烟花爆竹的气息，能听到的，除了发动机压抑的轰鸣、小北风的呼呼声，还有家家户户飘荡出来的电视的声音，都是春晚，一路走过，节目断断续续地，也能听个大概，除了这个，还夹杂一些欢声笑语，都是小孩子和老人的。

忽然，大伟看到市区东北方向升腾起一片烟花，似乎是漫天的小星星，铺天盖地。不知道为什么，都是白色的。随之，大伟听到了一声闷响，那是烟花怒放时的声音。他来不及欣赏，打开闪烁的警灯，加大了油门，沿路奔去。大伟判断，燃放烟花的地点应该是金源小区。

大伟刚到金源小区门口，奇了怪了，从小区里面出来十几个人，男男女女，老老少少。及至跟前，有几个人大伟都认识，马大爷、张二嫂、刘三姐……大伟是这儿的片警，巡逻，走访，有时一天见几次面，哪能不熟悉呢？没等大伟说话，他们倒争先恐后承认错误：

“孩子，烟花是我放的，我愿意接受惩罚。”

“大伟，不就是一百到五百元的罚款吗，我缴五百元，行吧？”

“伟哥，不要听他们的，是我放的，要罚，罚我。”

……

大伟蒙了。

这时，从小区又走出一个清瘦的小伙子，给马大爷他们深深鞠了一躬，然后对大伟说，“警察同志，对不起，烟花是我放的。”

这个小伙子，大伟倒有点儿陌生，扑闪了几下眼帘也没认出来。

刘三姐好像知道大伟的心思，说："大伟，他是年前才搬来的，一直在医院，所以你不认识。"

小伙子又重复了一句："警察同志，对不起，烟花是我放的。"

这么一说，马大爷他们都不愿意了，抢着说是自己燃放的。

大伟彻底给搞糊涂了。

小伙子给大伟解释说："警察同志，事情是这样的。我的妻子患了血癌，她的新年愿望就是看一场流星雨。"

大伟给说愣了，心说，怎么会有这样的愿望？

"流星是偶然经过的，传说抓住此刻的时间对着流星许愿，这样流星会带着愿望逝去，那样愿望才会实现……她想许个心愿，就是在她哪天走后，希望我找个知心爱人。"小伙子说着，已经哽咽了。

大伟明白了，为了让心爱的人看到流星雨，小伙子就燃放烟花"欺骗"妻子。

张二嫂对大伟说："他们实在不容易了，为了救妻子，过了年打算卖房呢。真要罚款，我拿。"说罢，她从口袋里掏出了钱包。

其他几个见状，也都纷纷掏钱。

小伙子拦住了大家，说："大家平时没少帮我们，这次不能让大家再那个了。"说完，拿出一把零碎的票子。

大伟说：“按照规定，罚款一百，这是最低限度。”

接过小伙子的钱，大伟又从自己口袋里掏出一个红包交给小伙子。这个红包大伟等着明早儿子给自己拜年呢。

一时间，小伙子和大伙儿都愣住了。

“这一百是罚你的。”大伟晃了晃左手，然后又晃了晃右手，“这是我给你的，算是新年祝福吧。”

顿时，围观的人上前拉扯着大伟，熟络地邀请他去他们家吃饺子呢。

爸爸的唠叨

小菲在家不喝开水，只喝饮料。爸爸说："饮料不是啥好东西，里面有色素，防腐剂啥的，对身体有害无益。"

爸爸说这话的时候，完全是商量的语气。小菲小时候，骂起来一点儿都不吝啬的。有时候被气坏了，打也是有的。如今闺女大了，打是不敢打了，即使重一点儿的话也说不出来。

对于爸爸的劝诫，小菲也不反驳，却撇了撇嘴，明显带着不满的情绪。

自己生养的闺女，倒看她的脸色，世道真是不一样了。爸爸心里叹息一声，没有再说话。今后的路还要靠孩子自己走，父母不可能跟他们一辈子。自己不觉悟，任谁说都没用。

小菲吃饭时不好好吃饭，老是埋怨家里的饭菜没味儿，经常快递回来一些零食，有辣条，有麻辣豆干，等等。有一些，爸爸都没见过。

小菲让爸爸也品尝一下。爸爸摇摇头，很坚决地拒绝了，尔后自言自语道：“这些东西除了咸就是辣，有啥好吃的？！”

看到小菲狼吞虎咽津津有味的样子，爸爸又忍不住唠叨起来：“这些东西都是垃圾食品，倒找钱我也不吃。”

“为啥？”小菲给辣得咧着嘴，一边吸溜着，一边质问爸爸。

爸爸放低了声音，尽量用舒缓的语气说道：“这些玩意都是伪劣商品，谁知道是啥东西做的？说不定使用的就是地沟油。”

“爸，这都是老皇历了。您说是伪劣商品，也没见吃死过人。”小菲气呼呼地说。

若搁过去，遇到这种情况，爸爸的火气早上来了，真是岁月蚀人的脾气啊。爸爸耐心解释道：“现在稀奇古怪的病为啥这样多？就跟平时的生活习惯有关。不吃早饭，晚上猛吃；冷了开空调，热了也开，弄得冬夏不分；出门就坐车，懒得运动……我们过去都是走路，吃粗粮……”

“爸！”小菲打断爸爸的话，“现在条件好了，不要老拿你的过去跟现在相比！”

旁边的妈妈看不下去了，瞪了爸爸一眼：“小菲都多大了？还当是三岁的孩子？”

有人替自己出气，小菲掩着嘴笑了，一脸得意的样子。

两个女人成了一条战壕的战友，爸爸明显感觉到了弱势，也就没再唠叨。

忽然，有一天，小菲发现，她买回来的小食品，爸爸开始跟她抢着吃了，有时候甚至比她吃得还多。

就是嘛，你不品尝怎么就知道不好吃了？小菲心里乐了。

父亲节到了，小菲就瞒着爸爸给他快递了一大箱零食，也都是辣条、豆干之类的东西。

满以为爸爸会高兴，不料爸爸却哭丧着脸，很有点儿哭笑不得的意思。

小菲不解地问："爸爸，怎么啦？"

爸爸给闺女摊牌："小菲，我就不爱吃这些东西。"

小菲问："爸，近段时间你不是也吃上瘾了？"

爸爸张了张嘴，却不知道说什么才好。

这时，一旁的妈妈说话了："真是憨闺女！你爸说，你买回来的都是垃圾食品，他自己多吃一些，你就少吃了。"

小菲忽闪着眼睛，一时还没明白过来妈妈话里的意思。

妈妈拿指头捣了一下小菲的额头，说："你爸不是心疼你吗，你还年轻，身体要紧。"

爸爸说："我老了，身体没有那么金贵。"

怎么会是这样？小菲一下子愣住了，眼眶里有泪珠打转转。

妈妈的味道

小菲的嘴很刁，自小吃惯了妈妈做的饭，几乎很少在外面吃饭。

等小菲上了高中，才感觉到妈妈的手艺之特别，学校食堂的饭菜实在难以下咽，每顿饭猫似的吃一点儿。一星期不到，小菲瘦了整整五斤。周六回到家，看到小菲的样子，妈妈心疼得不得了。小菲委屈地说："妈，我不是嫌弃学校的饭菜不干净，主要是没有那个味道，没胃口。"

妈妈纠结了半天，对小菲说："闺女，我天天中午给你送饭吧。"学校虽然在郊区，坐公交倒两次车，一个小时就到了。小菲的脸上这才开出花来。

就这样，妈妈开始中午给小菲送饭。大清早起来，去市场买菜，然后回来洗菜、做饭，等到十点半做好，然后装进保温桶，坐公交赶往小菲就读的高中。每半个月，妈妈每天做的饭菜都不重样，第一天是米饭，第二天是鸡蛋面，第三天是炖菜，第四天是烩面，第五天是饺子……每次去，不堵车的情况下，到学校门口，基本上都在十一点四十分左右。后来，跟保安熟悉了，遇到恶劣天气，也让妈妈到保安室等候。妈妈还发现，也有其他家长送饭，但人家是隔三岔五，不像她，天天送。

小菲高中上了三年，妈妈送了整整三年饭。三年下来，小菲那小小的脸蛋如花朵般一日一日地绽放。当然，她的学习有了妈妈饭菜的滋养，一直保持着较好的成绩，顺利地考上了省城的一所大学。

小菲说：“妈，我上大学走了，您也该轻松轻松了。”

妈妈说：“我也不能歇着，得找个事做。”

是啊，人不能老是闲着，无事可做身体就会出毛病。小菲想了想，又说：“妈，不知道大学的饭菜怎么样，我、我……”

妈妈微微一笑，说：“闺女，没事。省城不比咱这个小县城，即使学校的饭菜不合口味，街上肯定会有适合你口味的饭店。”

小菲想了想，觉得妈妈的话不无道理，也就没再发牢骚。

两个月后，小菲到了大学。不出她所料，大学食堂的饭菜虽比高中强一些，但比起妈妈，味道还是差好多。这天是周六，小菲走出校园大门，打算去超市买一些生活用品，忽然看到距学校不远的路边有个小饭馆，饭馆的名字一下子打动了小菲，

“妈妈的味道”，仅这个名字就让小菲心里暖暖的，觉得天蓝地也蓝，整个世界都是温馨的。玻璃门虚掩着，上面贴着“烩面”“肉丝面”“鸡蛋面”“手工水饺”等不干胶广告。小菲下意识地咽了下口水，这些可都是她爱吃的。最下面还有个电话，标注有“外卖”字样。小菲就顺手在手机上存了这个号码。

等到了晚上，小菲就忍不住拨打那个外卖的电话，要了一份韭菜鸡蛋馅的水饺。

半个小时不到，水饺送到了楼下。小菲的宿舍在五楼，她懒得下楼，就仿照其他同学，从窗户卸下来一根绳子，绳子的一端固定一个托盘，然后把水饺提上去了。呵呵，这家外卖还很特别，水饺不是装在塑料盒或食品袋里，而是装在一个保温桶里。小菲把饺子倒到自己的饭盒里，又把保温桶给卸了下去。

饺子还冒着热气，袅袅的香气扑鼻而来。小菲忍不住咬了一口，是那种熟悉的味道，跟妈妈做的没有什么两样。不知道为什么，吃着饺子，小菲有种想流泪的感觉。她知道，自己想妈妈了。这才想起，来学校两个月了，没有给妈妈打过一次电话。不是她不想打，每月的生活费妈妈都提前给打好了，打得足足的，还有什么话可说呢。

这下好了，几乎每天中午，小菲都要叫“妈妈的味道”的外卖。

转眼大半年过去了。

这天是个周末，小菲睡了个大懒觉，醒来的时候已经十一点了，小菲想吃炒面，就打“妈妈的味道”的外卖电话，却突然被告知，今天店里的师傅休息，没法送！

没办法，小菲只好洗漱打扮一番，打算到外面找点吃的，凑合一顿。路过“妈妈的味道”的时候，看到大门微微开着，似乎今天没有歇业啊。完全是下意识地，小菲走过去，推门而进。

小菲走进去的时候，发现了一个熟悉的身影，那就是妈妈，因为妈妈今天身体不舒服，没有干活。小菲以为是在梦中，揉了半天的眼睛才发觉这是真的。

匠　心

老话讲，女大十八变，越变越好看。这话一点儿也不假。春花原先还是个黄毛丫头，就连他父亲的那些徒弟，抬头不见低头见的，也没把她放在眼里。过了二十岁生日，春花像朵绽开的花蕾，一下子就灿烂了。

上门提亲的不少，这个来了那个走了，似乎要把春花家的门槛踏断。娘不敢拿主意，说只要闺女满意，她没意见。

父亲早几年去世了，把秤店留给了春花，女承父业，她自然要在父亲的徒弟中物色一个。

父亲生前，选择徒弟十分严格，从家风到人品，全方面考察，老人家中意后再举行拜师仪式。学徒期满，经父亲检验后，觉得徒弟的手艺不丢自己的人，然后叮嘱再三才允许出师。其实，父亲一辈子也就收了二十来个徒弟，跟春花年龄相仿的八九个，也就是说，春花要在这八九个徒弟中选择一个作为上门女婿，有田青、二贵、吴福等人。

这是终身大事，马虎不得。老实讲，对田青几个，春花心里也没底，决定考考他们。店铺是祖传下来的，有一副对联，遗失了下联。春花说，谁要能对出下联，就算过了第一关。

不只是田青的师兄弟，方圆百十里的人，早就知道这副对联，有文人骚客专程赶来，没有一个人能对出来，太难对了。上联是“老秤一斤十六两”，横批是“天下太平”。老秤是指古时的秤，当时一斤等于十六两，秤杆上每表示一斤就有十六点秤花，每一点表示一两。可别小看小小的秤花，还是有讲究的：七颗星代表北斗七星，六颗星代表南斗六星，还有三颗星是福、禄、寿三星，为的是告诫商人：缺一两折福，缺二两折禄，缺三两折寿。一斤和十六两都是数量词。这两者限定了数量关系，最主要的是用一个数目限定了另一个数目与之相等。而秤的来历典故，暗含秤的主要用途是不短斤少两，有童叟无欺的意思，所以横批“天下太平”的意思也就来源于此，不然斤两不够，必然惹起事端，就不太平了。

田青师兄弟在没有进店的时候，就没少琢磨这副残联，害怕师傅提起这个话头。可是，不知道为什么，直到他老人家去世，一直没有说到这副对联。现在春花既然出了考题，是骡子是马总得遛遛，要不，过了这个村也就没这个店了。

田青说：“象棋半副二八颗。”

二贵说："新春一年十二月。"

吴福说："仁德百世万千年。"

还有对"上善七句二十一言""谯楼五鼓黑白分""新婚二人百年合""宋钱版版六四文"的，等等。

春花没有一个中意的。她虽不知道正确答案，但也认为这些下联还缺点儿什么，没有祖辈要表达的意思。

还有一个徒弟，名叫秋实，他平时木讷、老实。他说："师傅常说，做的秤一头是货物，一头是良心。所以，我对的下联是'匠人良心重千钧'"。

春花两眼一亮，觉得秋实对的还在点子上。

前面已经说过，这只是第一关，春花还要进行第二关的考验，就是微服私访，暗中打听田青师兄弟的技艺。

县城就这么大，用秤来做买卖的就那么多家，这些秤也都出自父亲的徒弟之手。走进一家店铺，春花就先看秤，看做工，验精度，然后问问人家秤是谁做的，多少钱买来的。有田青做的，有二贵做的，有吴福做的，也有秋实做的……真不愧是父亲的徒弟，春花愣是没瞅出毛病来。

田青这天来找春花告状，说秋实的老娘舅在临县偃师县城开了一家"赵家米店"，原来生意不景气，在秋实那里定做了一杆秤后，生意做得很是红火。田青怀疑这杆秤缺斤少两，不然，生意不会这么好。

春花便来到偃师县城，通过打听，得知原来这里有六家米店，只有赵家米店生意萧条，不知道啥原因，近两年生意特火爆，大有吞并其他米店的意思。

春花就到店里买了五斤米，私下称了称，竟多出了整整一两！春花向县城的老百姓打听，他们都说，赵家米店斤两足，都愿意到这家店里买米吃。

春花又到店里看卖米的那杆秤，秤确实出自父亲徒弟之手，因为秤上有祖传的记号——秤尾处用细铜丝掐了一个心形图案，之所以这样做，一是用来平秤，二是时刻提醒做秤人和用秤人要讲天地良心！春花睁大眼仔细观察，发现这杆秤的心形要大一些，所以，每卖出一斤东西要多出两钱。

春花的脸上洋溢出笑意，心里有了自己的选择。

洞房花烛夜，新房里传出了新郎新娘的悄悄话：

“舅舅说自己生意不好，让我给他做一杆秤，每一斤少两钱。毕竟是自己的舅舅，我想来想去，就把那个图案做大，每卖一斤东西就多了两钱……”

“薄利广销，所以生意就大了……舅舅至今被蒙在鼓里是不是？”

“嗯。”

“把话挑明也没事，让舅舅明白，做生意，只有心大了，生意才能做大。”

“那副对联我又想起一句下联。”

“说。”

“春宵一刻值千金。”

“都说你老实，我看你一点儿也不老实……”

窗户上两个人的影子不见了，蜡烛把红红的窗纸映照得通红，通红。

爱　好

“不怕领导讲原则，就怕领导没爱好”，对于这句俗话，老赖算是彻底领教了。他给小周送购物卡优惠券什么的，小周不收，说都是身外之物；请小周吃饭，小周说不喝酒，还是家里饭吃着舒服；请小周喝茶，小周说自己有胃病，不敢喝茶；请小周唱歌，小周说自己五音不全，唱歌像驴叫；请小周去旅游，小周说没有节假日，而且自己不愿意出门，想去哪里就去百度里转，无须花钱，还不累……老赖想放弃，又想，不能，人家原告都放弃了，小周偏偏跟自己过不去，追着自己不放。还说自己要再不配合，再不还原告的钱，不但可以拘留自己，还要判刑，而且把自己纳入“老赖”的名单，成为名副其实的老赖，禁止自己以后坐高铁、飞机等交通工具，银行不给贷款。这且不说，儿子还小，若是名声传出去，将来咋订媳妇呢？所以说，名声还是要的，只有打通小周这一关节，只要他不追究，就万事大吉，风平浪静。

是人就有爱好，不可能没爱好。想到这里，老赖就像打了鸡血似的又有了精神，遂发动自己的关系网从不同渠道来打探小周的爱好。

功夫还真没白费。

从市中心小学传来消息，小周的儿子周一鸣上小学五年级，平时学习成绩很好，业余时间练习书法，说要给爸爸写一幅字。

从集贸市场传来消息，小周的爱人从棉纺厂下岗后，在集贸市场卖水果。没有顾客时，拿出本子练习写字，说自己的字写得丑，等练好了，要给小周写一幅字。

从人民广场传来消息，小周的爸爸天天去那里，原来老人家喜欢放风筝，近来迷上了书法，提个小水桶在石板铺就的道路上写字，说要好好练习书法，打算送给儿子一幅字。

老赖兴奋不已，综合这些小道消息，得出的结果就是小周爱好书法作品。老赖从其他渠道也得知，法院大楼的各个办公室进行了粉刷，每个人的办公室里面都要求挂字画。

老赖去小城的“都是真迹”字画市场溜达了一圈，贵不说，说不定还会买到赝品，都是真迹那是逗你玩，玩家怕是没几个相信。请名家写吧，一小张几千元，好比剜自己身上的肉，他还真有点儿心疼。思来想去，他支付一百块钱的润笔费，请当地一个书法爱好者模仿郑板桥的笔迹，写了一幅“难得糊涂”，想想又觉不妥，法院里挂这幅字不合适吧，像是有点儿讽刺人家是糊涂官啊，不妥，绝对不妥。明镜高悬？不行。思来想去，他请那个书法爱好者吃了碗河南烩面，让人家模仿中国书协主席的笔迹，写了一幅“执法如山”。

走进法院的大门，怀揣着“执法如山”，老赖还兴奋不已，心说小周若是不收，说明他办案不是执法如山；他若收下，自己的事就好解决了，吃人家的嘴短，拿人家的手软嘛，这点儿人情世故他还是知道的，就好比怀里这幅字，一碗烩面就解决了。

办公室的门开着，小周没在办公室。环顾四周，老赖惊讶地张大嘴巴，办公室的墙壁上已经挂上了三幅字。自己紧赶慢赶，还是晚来了一步，老赖后悔不已。再看墙上挂的字，一幅是仿宋。

亲爱的爸爸：

不求您发财

不求您做官

只求您平安

儿子 周一鸣

一幅是正楷。

周知：

凡事要坚持原则，按律办事，宁可穷一生，不可贪一点，平安才是家庭最大的幸福。

父　周爱党

一幅是隶书。

亲爱的：

金山银山，都是身外之物。位高权重，都将成过眼烟云。快乐工作达观生活才是人生最大的财富。

妻子　晓　洁

原来，这些都是亲情寄语，尽管字都不怎么样。一时间，老赖惊诧不已，感慨万千。他平静过后，拿出手机，从支付宝里把原告的那笔款给打了过去。

没等小周回来，老赖就走了。临走，没忘把那幅字捎走，他想请本地刚获“兰亭奖”的书协主席再给小周写一幅。

缉毒英雄

小海去找大队长李铁，说家里有事，需要请几天假。李铁没有多问，居然同意了。这在过去是不可能的事，因为他们是缉毒大队，没有特殊情况，绝对不允许请假。

当小海跟着副队长汪阳来到目的地后，他还以为是在梦中。他们这次是来缉毒的，是在组织不知道的情况偷偷出来的。前几天汪阳偷偷对小海说，他从线人那里得到消息，“山鹰”“海豹”，还有“老虎”，要在云南边防某地进行一次毒品交易，问小海愿不愿意和他一起去。当时小海还有顾虑，汪阳说：“机不可失，失不再来。你若不想去，我再找别人。”小海从警校毕业来到缉毒大队后，有过几次行动都没有他的菜，不愿意放弃这个机会。汪阳又说：“我知道咱这样做有违组织纪律，但我们一旦缉毒成功，组织上只会给我们请功，不会处分我们的。”这话等于给小海一颗定心丸，小海就答应了。

小海参加这次行动，还有一个更重要的原因，就是老虎。汪阳把那个信息告诉他时，还让他看了一张照片。照片上三个人，其中两个小海认识，他们是国际刑警组织通缉的跨国毒品交易的两个重要人物：山鹰和海豹。在平时的训练当中，通过照片和视频认识这些逍遥法外的贩毒集团主要人物也是功课之一。另外一个人是谁呢？几乎是一瞬间，小海认出来了，跟妈妈看的那张相片上的男人是一个人！

自打小海记事起，他就没见过爸爸。他问过妈妈，妈妈说爸爸早就去世了。爸爸是怎么死的？病逝的？谈到这个话题，妈妈就把话题岔开了。小海发现，周围的人，包括左邻右舍，看他和妈妈的眼光不是怜悯的那种，怪怪的，冷冷的，虽没有敌意，绝没有温暖的成分，好像他的爸爸是干了违法的事被枪毙的，撇下孤儿寡母，活该！爷爷奶奶也早就过世了，没有人能给小海一个明白的答复。有一次，妈妈收拾箱子，翻找出一张相片，她就拿起来怔怔地看，乃至小海走到她身边她都没发现。相片上是一个很英俊的男人，穿着警服，右眼角有一个痣。小海叫道：“妈妈，这张照片是不是爸爸？您怎么哭了？”妈妈这才回过神来，三下五除二把照片给撕碎了，说：“我没哭，我的眼里出汗了。”

不错，眼角有痣，就是爸爸！从照片上看，像是爸爸和山鹰、海豹在某个场所吸毒！

“汪队，这是我爸吗？”小海颤抖着声音问道。

“你爸叫什么？”汪阳问道。

“大海。”小海说罢，紧盯着汪阳。

汪阳既没有肯定也没有否定：“这个男人叫老虎，是个毒贩……千万不要告诉任何人。”

当天晚上，小海就不顾汪阳的交代，打电话向妈妈求证。

“妈妈，我爸爸是不是个毒贩？”小海心里着急，说话很是直截了当。

好半天，妈妈才用颤抖的声音问道：“小海，你怎么知道的？”

“我看到爸爸跟毒贩在一起的照片，汪队不让我告诉任何人。”

“小海，听领导的话，不要跟任何人说……要不然，我们娘儿俩的日子更难过。”说这话的时候，妈妈像是哽咽了。

这下，小海认定爸爸就是个毒贩。

汪阳和小海隐藏在毒贩交易地点对面的一个茶吧里。汪阳告诉小海：“你的任务就是击毙老虎，到那时，缉毒英雄就是你。”小海点点头，心里紧张又兴奋，莫名地忐忑，他暗下决心这次好好表现，一定要像汪队一样，成为缉毒英雄。汪队就是当年破获了一起毒品交易，从一个队员升为副队长的。因为缉毒，汪队付出的代价也不小，他的老婆孩子被毒贩绑架到了国外，至今生死未卜。

忽然，山鹰、海豹、老虎，还有其他一些人逐渐出现在视野中。小海盯着老虎仔细辨认，不错，他就是爸爸。当毒品交易正在进行的时候，汪队率先冲了出去。这就开始了？小海愣怔一下，也紧跟着冲出去。

小海害怕汪队抢了先，举枪瞄向老虎，“砰”地就是一枪。老虎机警地躲过，抬手一枪，打中了汪队。汪队晃了下身子，扑倒在地，一动不动。小海毕竟初出茅庐，一愣神的工夫，只见山鹰举枪向小海还击。说时迟，那时快，老虎挡在了山鹰的前面，子弹穿身而过，老虎顿时倒在了血泊中。几乎同时，小海看到，李铁队长和战友们犹如神兵天降，从四面八方包围过来。子弹呼啸，惨叫声声……这一次，缉毒大队大获全胜。

老虎，也就是大海被追认为烈士，他是一个潜伏多年的卧底，就连小海的妈妈也不知情。

汪阳死有余辜。他的家人被毒贩绑架后，他屈服了，跟毒贩联手，通风报信，同时从中获取利益。汪阳偶然得知老虎的卧底身份后，知道自己处境危险，便想伺机出逃，同时打算利用小海之手击毙老虎。没想到老虎早一步得知汪阳的底细，把消息反馈给了李铁，这才里应外合有了结局的反转。

在爸爸的墓碑前，小海哭得死去活来。妈妈一滴眼泪也没有，傻了一般。